重温红色经典 秉承先辈遗志

重温红色经典 秉承先辈遗志

红色经典文学丛书

白求恩大夫

周而复 著

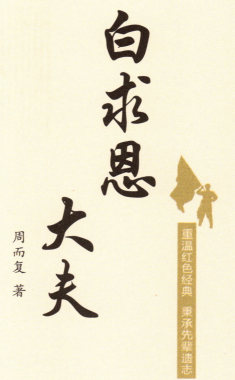

重温红色经典 秉承先辈遗志

民主与建设出版社
·北京·

ⓒ民主与建设出版社,2021

图书在版编目(ＣＩＰ)数据

白求恩大夫 / 周而复著. -- 北京：民主与建设出
版社, 2021.4
（红色经典文学丛书 / 吴迪诗主编）
ISBN 978-7-5139-3481-7

Ⅰ.①白… Ⅱ.①周… Ⅲ.①中篇小说—中国—当代
Ⅳ.①I247.5

中国版本图书馆 CIP 数据核字(2021)第 065369 号

白求恩大夫
BAIQIU'EN DAIFU

著　　　者	周而复	
责任编辑	王　维　郝　平	
封面设计	博佳传媒	
出版发行	民主与建设出版社有限责任公司	
电　　话	（010)59417747　59419778	
社　　址	北京市海淀区西三环中路 10 号望海楼 E 座 7 层	
邮　　编	100142	
印　　刷	湖北鄂南新华印刷包装股份有限公司	
版　　次	2021 年 6 月第 1 版	
印　　次	2021 年 6 月第 2 次印刷	
开　　本	710 毫米×1000 毫米　1/16	
印　　张	10	
字　　数	120 千字	
书　　号	ISBN 978-7-5139-3481-7	
定　　价	35.90 元	

注：如有印、装质量问题,请与出版社联系。

目录

红色经典文学丛书

一 ……………………………………………… 1

二 ……………………………………………… 17

三 ……………………………………………… 37

四 ……………………………………………… 57

五 ……………………………………………… 61

六 ……………………………………………… 66

七 ……………………………………………… 74

目录

红色经典文学丛书

八 ·· 94

九 ·· 102

十 ·· 109

十一 ·· 119

一

　　某军分区卫生部部长室是一幢三开间的砖瓦平房，今天收拾得格外洁净，墙是最近三四天之内粉刷过了的，白森森地发着光。部长室的门框也刷得乌而发亮，上面挂着一条白细布门帘，益发显得整洁。堂屋里的黄杨木八仙桌、靠背椅，以及原来宅主挂在墙上的那幅山水中堂，和它旁边的两幅条对，都收拾得一尘不染。

　　部长的警卫员叶和贵，今天早上特地到伙房里弄了一点鸡油来，把挂在胸前那一大排驳壳枪的子弹带，擦得亮晶晶的。这时，他坐在部长室门旁那张靠背椅上，手里玩弄着驳壳枪穗子。

　　白细布门帘里有人叫道："叶和贵！"

　　叶和贵站了起来："有！"

　　他放下手里的枪穗子，准备走进去，问有什么事。刚掀起白细布门帘，里面仿佛已经知道叶和贵要进去，说道："叫医务科科长胡世范来。"

　　"是。"

　　天空灰蒙蒙的，不断地飞着雪花，院子里已铺满了绒毡子似的一层雪，雪上留下叶和贵巨大的足印。一会儿，他和胡世范一同走来，身上全是雪，像棉军服上面加了一个白坎肩似的。胡世范在屋檐下把身上的雪拂去，整一整衣服，把风纪扣扣好，这才掀起门帘走进去，敬了一个礼，以立正的姿势站着，正对着徐部长。

徐部长穿着一身深黄斜纹布面子的羊皮军上衣，黄马裤，膝盖下面一排黑牛角钮子，一直通到底。他本来是江西一个私立医院的实习医生，实习没有满期，就参加了部队，担任军医、卫生所所长、科长。抗战以后，他随队伍到了华北，由于他技术很好，就做了某军分区卫生部部长。

徐部长轻声问道："病房都检查过了吗？"

"都检查过了。"

"伤号的药全换过没有？"

"两个钟头以前，都换好了。"

"病房的清洁卫生怎么样？"

"很好，病房里头，病房外头，连街上我都叫护士他们打扫过了。"

"哦，那很好，那很好。军区首长说，白大夫原则性很强，他是很会批评的。"

"这个我知道，昨天部长不是对我们科长一级的干部说过……"

"嗯，我要你们记住，我们非常需要批评，可是无论如何要先把工作做好。我们分区的这个后方医院，你知道，开办没好久，物质条件困难，基础薄弱；但我们主观的努力是不是够了呢？"

"是的。"

"你去给我检查一下手术室，告诉戈医生他们，要把东西准备好，不要动手术时，要这样没这样，要那样没那样的，器具都要消毒，准备好了等着。"

"好的。"

"你再到病房去仔细看看，昨天发下去的白布单子，是不是每张病床都盖上了。"

胡世范出去，到各部门巡视去了。

叶和贵从柱子上摘下黄油布雨衣给徐部长披在身上。徐部长把扣子扣上，雨帽拉起来，罩在那顶日本的皮军帽上。他走了出来。叶和贵在他后面，离他有五步远近，相跟着向村口走去。

村口挤满了人：卫生部的干部，后方医院的工作人员，村里的群众团体……在村边分成两行，一字排开，伸向村外那条大道上去，大道两旁是一片河滩。自卫队队员手里的绿缨枪，在白茫茫的雪野里看去，像大道旁一排有规律的翠绿的树林，在严寒里耀眼地立着。队伍里有人不时踮起脚尖来，向东面望去。顺着这条两边被山峦拥抱着的开阔的河滩，东去不到三里，那儿有一片二亩来地的枣树林，现在已是枝叶脱落，远远望去只是黑魆^{xū}魆的一片了。大道到枣树林那儿，便隐入左边的山沟，看不见了。

这时，路上一个人影子也没有，只有三四只白鹁，怯寒地躲在枣树林里，不时发出单调的吱吱的叫声。踮起脚尖来看的人，没有看到什么，就失望地转过脸来。忽然西边传来低微的人声，徐部长和他的警卫员，走到前面卫生部的干部中间去了。他急着问道："来了没有？"

他的话虽然是对干部说的，但是他的面孔却对着大道的来路。

"没有。"

"没有？派去的通讯员回来没有？"

"也没有。"

"真没有？"徐部长不信任地低下头来，把左手的袖子往上一抹，看看表，已是下午四点钟了。他自言自语地说："从张各庄出发，六十里地，该到了。"

他转过脸来对叶和贵说："再派一个通讯员去，叫他得到信儿，马上就回来报告。"

雪，悄悄地落着，落在土黄色的军服上，落在蓝色的灰色的棉袄上，落在人们的脸上。徐部长那件淡黄色的油布雨衣，一会儿工夫，肩头上便变成白色了。在风雪中，大家一点也不感到疲劳，都兴奋地期待着。村里的群众都用白手巾把头包扎起来，不时扑去身上的雪。站在后方医院工作人员后面的男自卫队队员里，浮起了欢快的笑声，你一言我一语，猜着来的人是个什么样儿。有的走出来，向前面张望着。

蓦地前面浮起一声狂欢的叫喊：

"来哪！"

"来哪！"

大家连忙回到行列里去，很恭敬地站着，旋即又伸出头来，向前面望去。果然在河滩的尽头，隐隐约约地可以看见有二三十个人组成的一小队人马，在迷茫的雾一样的风雪中移动着。徐部长仔细看去，又慢慢看不清楚，消失在雾一样的风雪中了。他上前走了两步，还是看不见。等了一忽，早会儿派出去的通讯员，飞一般地从枣树林里跑了出来，一路上高兴地招着手，张开嘴像是叫什么，可是逆风，一点也听不见他叫什么。等他走到徐部长面前，才听清楚他说："来了，全来了。"

黑乌乌的枣树林里，走出一小队人马，为首的是一匹高大的棕红色骏马，英武地踏着雪地，发出沙沙的音响。那上面坐着一个外国人，穿一身灰色的布军装，胳臂上挂着"八路"的臂章，腰间扎着一条宽皮带，脚上穿着一双草鞋——一个地道的中国士兵的装束。他的身材魁梧而硕壮，面孔却有点清瘦，颧骨微高，浓眉下面深藏着一对炯灼的眼睛，那里面饱含着无边的慈爱；宽大的嘴角上，浮着意味深长的微笑；他的头发和嘴上翘起的短髭，都已灰白了。他已是快五十的人，但精神却很矍铄，像一个活泼健壮的青年。看见村外有人排队在欢迎他，他连忙跳下马来，高高举起右手，行了一个西班牙礼。

徐部长连忙赶上去，他代表卫生部表示衷心的欢迎和感激："大家等你很久了，都欢迎你早点到我们后方医院来⋯⋯"

和他一同来的童翻译，是个矮矮胖胖的青年，脸上老是浮着微笑，他看白大夫要说话，连忙赶上来，站在高大的白大夫旁边，越发显得矮小了。他把白大夫的话翻译给徐部长听："对不起，累你们久等，请原谅我的迟到。今天早上我已经上了马，看见又抬来一个伤员，我下了马，动完手术才来的⋯⋯"

"白大夫总是这样忙的，这件事还没做完，第二件事又来了。今天要不是临时来了一个伤员，我们早到了。"童翻译在旁边补充了这几句。

"真不巧，碰到今天下雪，你太辛苦了。"

"为了工作，这不算什么，在战地就是这样的，风啊，雨啊，雪啊⋯⋯我是很习惯战地生活的。"

他们边谈边走着，被热烈的掌声包围着。掌声刚停止，马上就掀起震撼山野的呼声：

"欢迎白求恩大夫！"

"欢迎白大夫指示我们工作！"

白大夫走进欢迎行列当中，他微微屈着背，笑盈盈地向两旁欢迎的人群举起右手，频频地点着头。他身后是十多个工作人员，和一连串的七匹牲口；最后面四匹骡子上面，驮着暗绿色的四四方方的治疗箱。这一小队人马，就是白大夫率领的简单轻便的加美医疗队。

十九世纪八十年代，白求恩大夫（Dr.Normen Bethune）生于加拿大脱朗托，五十岁当中，就有二十五年的悠长时间从事了医疗工作。第一次世界大战时，他才是二十五岁的青年，便在欧洲战场上服务了。大战结束，回到加拿大，担任加拿大空军军医队长。他自己患着肺病，却不断地一面工作，一面钻研，受他老师严格的教育，成为胸外科卓越的专家。他发明了很多种手术用具，遇有肺部脓胸和生瘤的病人，他能够把整个一叶肺取出来，这样可以挽救许多垂危的生命。他不仅在加拿大是第一等专家，即在世界上也是屈指可数的人才。英国皇家学院外科学士会邀请他去当会员——这是一个外科医生当时所能得到的最崇高的荣誉，但他不满足这些，他在摸索着为劳苦大众服务的道路，终于参加了加拿大的共产党，把他所有的才能献给了人民。

一九三六年七月十八日，德意法西斯匪徒侵犯西班牙，他随着加拿大的志愿军——麦克拍泊营到了西班牙，担任这个营的卫生队队长。不久，他又参加了由英、美、加、南美各民族编成的第十五纵队。他亲自上火线去救护伤兵，甚至他所带的救护队被法西斯匪徒轰炸和机枪扫射时，他仍然冒着生命的危险，去火线上挽救为人类正义和平而战的西班牙兄弟。他在西班牙建立伤兵的输血工作，这是一件创举。第一次世界大战的经验，使他对输血法发生很大兴趣，在这方面他成为有数的卓越专家之一。为了给西班牙政府军进行医药募捐，第二年四月，他回到加拿大和美国去。

三个月以后，中国人民抗日战争爆发了，他被请托率领一个美国加拿大医疗队到中国来。一九三八年四月，他到了西北，便急于要到战地去工作，不久，如愿地出发了：渡黄河，过正太路封锁线，六月十七日到达了远在敌人后方的晋察冀边区。这是一块年轻的抗日根据地，各方面都缺乏人，尤其缺乏的是医务干部。当初整个根据地的医务工作人员，只有二十五名，而二十五名里有十五名是看护，当时伤兵连友军在内，就有六百九十多名。材料药品方面更是贫乏到可怜的程度，没有一点施行手术时所必需的麻醉药，所有的药品只够用两个月，纱布绷带是洗了又洗地用着，自己做羊肠线，采取中药，制成丸散膏丹来代替西药。器械呢？探针是用铁丝做的，铁片代替了钳子，断肢和锯树是用了同一把锯子……白求恩大夫带着大批药品，显微镜，Ｘ光镜和一套手术器械；更可宝贵的，是他带来了高妙的医疗技术、惊人的组织能力和对中国革命战争事业无限的热忱。他被任命为晋察冀军区卫生顾问。

虽然经过两个多月的长途行军，他的精神却很饱满，似乎没有一丝儿疲乏。第二天就开始在山西五台县耿镇河北村、河西村、松岩口这些地方去给军区卫生部和所属的后方医院的伤病员治疗了。在第一周内，他一共检查了五百二十多个伤员和病员，这里面大半是平型关战斗下来的，有一部分是友军从南口受伤下来的，由于医药和器械的缺乏，他们已在医院里躺了长久的时间。第二周白大夫就开始行手术，紧接着四个星期的连续工作，一百四十七个伤病员，在行过手术短时期之后，就又带着健康的身体，走上前线去了。

白大夫每天除了施行手术处方外，一有空闲，他就指挥木匠做大腿骨折牵引架、病人木床和各种木料器具；铁匠做妥马氏夹板和洋铁盆桶；锡匠打探针、镊子、钳子；分配裁缝做床单褥子枕头……每隔一天，他还要给医务人员上课，但是没有教材，一块黑板算是大家的课本，他在上面通过写、绘来讲授。疲劳了一天，到晚上，他在灯下着手写一本专为医生和护士用的图解手册。——这是他为了提高技术和医院设备而写的，按照他亲订的"五星期计划"，建立一个模范医院，作为推动整个根据地医务工作的发动机。模范医院里设立伤员招待室、医生办公室、内科室、外科室、奥尔臭氏治疗室、罗氏牵引室、妥马氏夹板室、病室、休养员娱乐场……开幕的时候，各部门派医务人员来参观实习。这个医院的设立，使根据地里医生、看护的技术大大提高了，特别是对外科敷药和消毒方面。

九月，敌人步、骑、炮二万三千左右的兵力，配合空军和机械化部队，分十路向军区腹地进攻了。模范医院从平原转移到山地，他才离开这个医院，带着加美医疗队出发了。这个医疗队由白大夫领队，配备了两个助手：军区卫生部副部长尤思华和医务科长凌亮风，童翻译、管理员、勤务员、炊事员、饲养员等，组成一个能够单独行动的战斗单位；经过两天的行军，就到了某军分区的卫生部。

白大夫看到村边欢迎他的行列，那么有秩序，那么威武，他感到边区人民惊人的组织能力。站在他面前的徐部长，是军分区的卫生部部长，在欧洲来讲，至少是个少校了，可是从他那一身朴素的军装上看，简直是一个士兵模样的人。老百姓穿得也很朴素，可是整洁；而且从他们坚强的眼光里，从他们拿着绿缨枪的手上，从他们的行动上，表现出一种旺盛的战斗意志。他们过的是最低限度的生活；面对着最顽强的敌人，进行着最艰苦的战争，为了一个崇高的目的：保卫祖国反对法西斯侵略。他在边区每一个地方都看到同样的情形，可是今天在大雪天看到，印象更深刻。他在欢迎的行列中，不断地向左右张望，从中国人民和八路军身上，看到一股不可战胜的力量。他心里有着一种说不出来的感动和兴奋。

徐部长陪白大夫他们一块儿进了村子，到后方医院院务办公室，刚喝了一杯茶，白大夫便急着要求去检查病房。徐部长、医务科科长、白大夫他们都穿上白色的工作服，一长列白衣天使似的，向病房走去。

他们走进外科护士办公室，戴有雪白帽子穿着雪白工作服的护士们，早已等候多时，等白大夫巡视完了护士办公室，护士长马上把挂在雪白墙上的病历表一一摘下，堆得很高，捧在手里，跟着白大夫

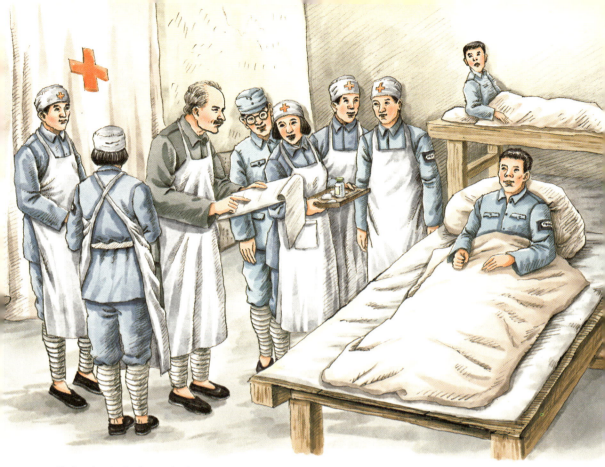

他们走进病房。病房里四壁是雪白的墙,靠墙一溜放着五张病床,上面一律罩着雪白的床单子。

白大夫拿过病历表看了病人过去的病况,第一个病人是左大腿步枪伤,已经化脓,他打开伤口详细地检查了一下,然后叫护士取了一点从伤口里流出来的脓,搁在脓盘里,他托到鼻子下面嗅了嗅脓的气味。他能够从脓的气味里辨别出伤口的新旧轻重,要是脓臭,则说明是旧伤,伤部化脓得重;反之则轻。开始化脓时,味不太臭,第二阶段,气味就冲鼻子了,到了第三阶段,一闻到这腐臭气味就要呕心出来了。他闻了脓盘里的深黄色的脓已经腐臭,他对徐部长说:"这个病人伤很重,也很旧了,要赶快动手术。"

白大夫顺序检查下面一个病人,一个个检查下去,检查完了十二间病房，白大夫向通小院的门那儿走去，胡世范连忙赶上去对童翻译说："请你告诉白大夫，那儿是消毒的锅子，没有病房，内科传染科的病房在村东头。"

童翻译告诉了白大夫，他们于是走出去，看了看内科和传染科病人。回到寝室里，天已经黑尽了，雪也停了，可是山风顶大，呼哨地掠过屋顶，抚弄着玻璃窗，发出清脆的声音。

尤思华和凌亮风已经睡了。勤务员邵一平给白大夫他们烧好了咖啡，端进两杯来放在桌子上。白大夫喝完了一杯咖啡，童翻译准备到对面房里去睡觉，白大夫把他叫回来，说："童，我希望你帮助我一下。"

"我很高兴能够帮助你。"

"你陪我再到病房去一趟。"

"刚才不是检查过病房了吗？"

"那是表面的，这样检查，对这个医院的全面了解是不够的。我要单独去看看。"

"也好。"

童翻译是个非常和蔼而又做事精细的人。他在北京大学外国文学系毕业以后，碰上了七七抗战，他随着当时许多青年学生一同投入保卫祖国的战争里，到了这边。原先是做群众宣传工作，后来担任了××县的县长，这对他是一个新的尝试。不久，白大夫来了，他被调来担任白大夫的翻译。他非常钦佩白大夫的工作精神，而以帮助白大夫完成工作为自己最大的愉快。这时，他们两个人又到了病房。快十点了，天上只有微弱的星光，可以隐隐约约辨别出道路来。日班护士已经下班，夜班护士刚才到别的病室去了。两个人一高一矮，刚踏进院子，就听见病人急躁地呼喊："护士同志！护士同志！"

白大夫带着童翻译跟踪着声音的方向走去，静寂的院子里又爆裂开嘶哑的叫声："要小便，护士同志，拿便盆来！"

这声音是里院第七号病室里三床病人发出来的，他昨天才动过手术，自己还不能起床大小便。白大夫走了进去，他从童翻译那儿知道病人叫什么，向病房里巡视了一下；恰巧门边的墙下靠着一个白铁的便盆，白大夫走过去拿到病人的面前。病人感到一种惊诧，莫名其妙地望着他。白大夫做手势叫他翻身，然后把便盆放在他的身子下边，等他解完了，又从他身子下边抽了出来。正在这时候，夜班护士从别的病室惊慌地来了，手里提着一盏马灯，晃呀晃的。他看白大夫亲自帮病人小便，心中暗自感到不安，内疚地放下马灯，连忙接过便盆，拿到外边倒去了。白大夫不满地瞪了夜班护士一眼。夜班护士领会那意思，连忙解释道："我刚才到一号病房去了，迟来了一点……"

白大夫没有吭气，他走过来给病人把被子盖好，问病人："护士是不是经常叫不到？"

"不，经常叫到。"病人很吃力地望着白大夫说。

白大夫掏出军装胸袋里的一个精致的小日记本，他把病人的话记了下来，又弯下腰去问他："医生一天来几次？"

"没动手术的时候，一天来一次；动过手术，每天也来一次，有时来两次。"

"好。"白大夫很满意。

他们两人走到院子里，白大夫想起刚才为什么那个人仿佛怕他到隔壁小院子去，这其中一定有什么道理。他对童翻译说："我们到这里面去看看。"他们走进去，听见那   屋子有嘈杂的人声，更引起他的注意。白大夫走了进去，窗台上放着一盏菜油灯，迎窗是一条炕，上面围着六七个伤员在炕上聊天，有一个伤重的躺在炕边上。——这是今天下午刚从前方送下来的轻伤号一部分，他们全部占有了这三间屋子。白大夫起初很纳闷，为什么还不休息呢？他走过去仔细检查了一下病床，这才发现他们坐在那儿的原因。原来没有被子。他问他们："你们的被子呢？"

"我们刚从前方下来，没有带被子来……"

"医院没有给你们被子？"

"这个，还没有。"

白大夫不清楚这儿的病人都是要自己带被子来的，他生气地不再问下去，他到另外两个屋子去看看，也是同样的情形，他的脸马上气得通红了。他不满地出去，童翻译预感到有什么事要发生，也紧跟着他去。

出门，迎面一阵冷风，白大夫的脸和两只手给吹得冷得受不住，他放下日本皮帽子，把两耳和后脑包住，手伸到裤子口袋里去了。他一口气走到卫生部部长室。

徐部长这时正在解黄斜纹布面子羊皮军装上衣的纽扣，预备躺到床上去，见白大夫突然进来，他把解开的三个纽扣又迅速扣上，过来招呼道："白大夫，这么晚了，你还没睡？你今天太疲劳了，你又走了一天的路，该早点睡……"

白大夫没有搭理这些客套话，就单刀直入地劈口问道："现在夜里冷吗？"

徐部长感到惊奇，为什么忽然问起这一句话来呢？他慢吞吞地拿过热水壶来，倒了两杯开水，放一杯在白大夫面前，一边忖度究竟是怎么一回事，一边若无其事地回答，想来缓和一下白大夫带进来的那种紧张空气。他说："冀西的十月天，又是山里，又落雪，当然冷啰。白大夫，童翻译，你们请坐。"

白大夫没坐，童翻译也不好坐下去。白大夫没有喝水，问徐部长：

"夜里不盖被子睡觉,行不行?"

徐部长越弄越摸不清头脑,好像白大夫在给他说什么笑话,但看白大夫那股严肃的神情,又不像;他想问他究竟为了什么事。

他和蔼地答道:"这样冷的天,自然需要被子……"

"那么,伤病员为什么没有被子?"

"谁说的?"徐部长知道一点路数了,诧异地问。

"我亲自看见的,有十九个轻伤号没有被子。"

"啊?"徐部长大吃一惊,他没再说下去,心里在问自己:"真有这样的事吗?"

他走到门口,掀起细布白门帘对外边叫道:"叶和贵,把医务科科长叫来!"

叶和贵去叫医务科科长,护士、司药们听见叶和贵说的白大夫到部长室的情形,大家便一窝蜂似的跟着胡世范,要去看看究竟是怎么回事,和自己有没有什么关系。胡世范的情绪并不佳,他料到部长这时叫唤他一定没有好事,心急遽地跳动,急于要知道是什么事,好放心,步子在雪上沙沙地加快了起来。

胡世范走进部长室,看他们三个人都站着,一盏洋油灯光,把他们三个人的影子都照在雪白的墙上,静静的,好像在等候解决什么事。徐部长看见胡世范进来,便劈口说道:"怎么伤病员没有被子?"

胡世范马上想起白大夫到来以后所收下的十九个轻伤号,半晌说不上话来,等了一会儿,才歉然地低声说:"是,他们自己没有带被子来……"

"为什么不向我汇报?"

"我……"

站在堂屋里偷听的护士和司药,给屋里的声音吸引住了,都麇^{qún}集到部长室门口来了，从门帘两旁的空隙里，偷偷地向里面探望。站在后面的，就踮起脚尖，从前面人的头上望进去。

白大夫看着徐部长和胡世范一问一答，有点忍耐不住了，他说："现在不是争吵的时候，最要紧的是马上发被子给他们休息。"

徐部长命令胡世范："给他们每一个人发一床被子，快。"

"部长，被子……"胡世范想说，又怯生生地不敢说出来。

"什么？"

"没有被子。"

"部里的被子呢？"

"因为准备反'扫荡'，不用的都坚壁①了。"

"那你派人快点去拿回来，发给他们。"

"坚壁的地方，离这儿远呢，明天一定发给他们。"

"不行，他们今天睡不睡觉？"

"部里实在没有被子，徐部长……"

徐部长没有答他，走到床前，把自己的被子一卷，往桌上一放，说："把我的被子拿给伤员去盖！"

白大夫站在旁边看了很感动，他觉得徐部长处理得很正确。他没有说话，独自从人丛中走出来了。童翻译急着对胡世范说："胡科长，你今天晚上一定要想办法，让十九个伤病员有被子盖……"说完，追白大夫去了。

徐部长一对眼睛冷冷地盯着胡世范："你今天怎么检查的？"

"十九个伤号是白大夫到来以后来的……"

"为什么不给我汇报？为什么不早设法发被子给他们？"

---

①坚壁：藏起来使不落到敌人的手里（多指藏物资）。

"没有。"

"你不会动员借一下吗？"

"时间来不及了，我以为放在小院子里没人知道，谁晓得白大夫怎么会知道的呢？"

"不管白大夫怎样，我们要对伤员负责，应该早点想办法发被子给他们。"

白大夫夹着他那床墨绿色的大团花绸被子，和童翻译一道从门口人丛中走了进来，把被子往桌上一放，对徐部长说："我也拿出我的被子，请你派人把这床被子送给他们，让那个躺在炕上的重伤员盖。"

"你晚上不盖吗？"

"你自己拿出被子来，使我很感动。你这样做是对的。一个医生，一个看护，一个事务员的责任是什么？只有一个。那责任就是使你的病人快乐，帮助他们恢复健康，恢复力量。你必须看待他们每一个人，都像你的兄弟，你的父亲——因为，就真理说，是的，他们比兄弟、父母还要亲切些——他是你的同志。在一切事情当中，要把他们放在最前头，被子应该给他们先盖上。我们不能让伤病员不盖被子，而我们自己盖被子。我也应该和你一样把被子拿出来……"白大夫很严肃地说。

胡科长的脸红了。徐部长说："这怎么行呢？伤员的被子，今天晚上我们一定想办法好了。"

"什么办法？"

"大家想办法……"徐部长望着门外。

站在门外的护士们揭起门帘，说："我的被子可以拿出来……"

"我的也拿出来……"

"我们大家的都可以拿出来……"

胡世范一计算，连部长和他自己的一共可以凑到十九床被子了。白大夫的被子经徐部长再三地要求，算是留下来了。胡世范拿过徐部长的被子和护士们一同去取他们的被子，然后送到病房里去了。

　　白大夫在部长室里坐了下来，从军装上衣那个胸袋里掏出小笔记本来，对徐部长讲："我以卫生顾问的资格来说，这儿医院的工作很好。在敌后这样困难的物质条件下，有这样的成绩，只有中国共产党领导下的抗日根据地才可能做到。在欧洲简直是不可想象的事。但是我有两点意见，第一，夜班护士一个人不够，每个院子要有两个人；其次，汇报工作要及时，像被子问题，如果胡科长早报告，就早解决了。"

　　"嗯，是的。"徐部长同意他的看法。

　　"请你原谅我的脾气，"白大夫想起刚才自己态度不够冷静，抱歉地说，"不过做卫生工作，不这样严格认真是不行的。我们要不客气地批评，不要碍于情面，不管年龄、地位、经验如何，只要有什么挡着我们的路，我们就要给予打击……"

　　徐部长答道："你说得对……"

　　"我有什么不对的地方，也希望你们给我批评，我将百分之百地在工作中来改正。"

二

　　童翻译在杨庄第一卫生所办公室里得到雁北九旅王旅长打来的电报,告诉白大夫雁北前线反"扫荡"的情况,说是医院里面收容了许多伤员,希望他最近能抽时间去一趟。童翻译和白大夫工作了一个时期,已摸出他那火一样的脾气,知道什么地方有伤员,马上就要去的。今天,白大夫从早上忙到晚上,做完了十二个病人的大小手术,才回到寝室里去休息;童翻译看过电报犹豫了,他想明天早上再给白大夫看,让他今天晚上好好休息一下。过一会儿,他又拿不定主意,他拿电报去找尤思华。

　　尤思华是军区卫生部副部长,同时是医疗队的党支部书记,代表党和军区卫生部在政治上领导这个医疗队。他有四十上下年纪,个子矮小。他永远穿着一身黄军服,好像一个士兵一样,只有腰间拴着的那根宽皮带,是和士兵身上的窄皮带唯一的区别。他和童翻译一样,嘴角上老是微笑着;不同的是:童翻泽活泼,天真,会说话,也喜欢说话,他却是永远不大开口,默默地工作,一天难得听见他讲几句话。一切的事都按部就班地去做,可是沉着而又勇猛。十多年的革命队伍里的生活,把他锻炼得钢一样坚强。尤思华听完了童翻译的话,没有表示意见。他把电报拿过来,仔细地看着,上面注明了发电和收电日期与时间,然后肯定地说:"童翻译,还是马上把电报送给白大夫看。"

"老头子太累了。"

"这我知道。王旅长打十万火急的电报来，前方有许多伤员，一定希望我们早点去。"

"白大夫看了电报，如果要求明天一早去怎办？"

"一早去也可以，让他休息，我们可以不睡觉，我来准备。前方伤员在等我们呢。"

"那我马上就去。"童翻译手里拿着电报走了。

白大夫的屋子里还有亮，童翻译用食指在门上轻轻敲了两下。

门开了，桌子上一盏亮得刺眼的煤汽灯，照得屋子里像白天一样，白大夫正伏在桌子上审视他亲自草拟的特种外科医院的计划。童翻译把译好的电报递给他，一边讲给他听。白大夫听完了，高兴得跳了起来，走上去一把按住童翻译的肩膀，咯咯地笑着说："童，我们又有新的工作了。王将军在什么地方？"

"雁北，山西北部，灵丘河浙村那儿。"

"好极了，这一次我们一定可以到战地去了，从前，我还没有得到过这样的机会，我很高兴得到这个电报。"他从煤汽灯下取过计划书递给童翻译看，"正好，我的特种外科医院的计划已经修改好了，他们可以照着这个计划去筹备，我们到雁北去工作一个短时期，回来便可以开幕了。"

"上一次模范医院给军区卫生干部一个示范，特种外科医院会进一步提高他们的技术。"

"是的，我们需要大批的生力军后备军啊，童，地区是这样广大，到处需要人，需要优良的干部。"

童翻译看着计划说："照你的计划，特种外科医院开幕，调各分区的卫生干部来学习，不久就会培养出一批生力军来了。"

"学习以后，让他们各自回去再培养新的种子。你把计划交给他们，明天开始按照我的计划进行。"

"好的。"童翻译把计划书折好收到口袋里。

"通知医疗队，明天早上五点钟出发。"

现在已经十一点了，童翻译想使他多休息一会儿，故意借口说："五点钟出发，天还没亮，恐怕他们不容易准备好，是不是可以晚一点，七点钟怎么样？"

"那么六点钟吧，让他们多一点时间准备。告诉他们，伤员在等我们去呢，就是不睡觉也要准备好，快去告诉他们。"

童翻译出去，白大夫在屋子里忙碌起来，把屋子里的书籍、器材、打字机都收拾停当，这才慢慢躺到床上，已是一点半钟了。

尤副部长把第一所的工作暂时做一结束，对他们工作上需要改进的地方提出许多具体意见，把所长找来一点一点地谈了。他把工作准备好，鸡已叫过三遍，眼看着天快亮了。他决定不睡，在椅子上坐一会儿，等着大家起来出发。

这时候，白大夫已醒来，在床上怎么也睡不着了。他起来，从图囊里打开一份十万分之一的北线军用地图，看杨庄离灵丘河浙村有多远，他在上面画了一条红线，用他的拳头在上面比画，有七个多拳头的距离，有一百五十多里地哩。他用右手的中指敲着太阳穴在计算：明天下午就可以赶到了。但那儿的情况怎么样，他一无所知，想找一个人谈谈。

勤务员邵一平是个十七岁的精灵小鬼，手脚勤快，只是对别人有点调皮，很能讨白大夫的欢喜。他端了一盆洗脸水进来，倒了一杯漱口水……白大夫想给他谈谈，但是他们语言不通，两个人说话是要靠着手和表情来帮忙的，白大夫摸摸邵一平的头，邵一平嘻着嘴笑了笑，便去给白大夫卷被子，打行李。白大夫闷闷地在洗脸。邵一平把行李都装到草黄色的马鞑子里，提着皮箱，一同捎了出去。最后把白大夫的脸盆扣在他自己的背包上，洗脸漱口等杂物放到锦织橡皮里子的小方旅行袋里，也扣在背包旁边。邵一平背上背包，随在加美医疗队后面出发了。

村边是一抹平川，地里的庄稼已经收割完了，残存着未割尽的茬子，枯黄的，一点点有规律地站在地里。上面铺着一层薄薄的雪也似的霜，有的茬子给霜打得已经枯黑了。

平川的尽头是一个沟口，那儿是一片小山峦，秃秃的，黄黄的，什么也没有。沿着山边有一条人走出来白线也似的山路。一行人马循着这条白线上去，到了山头，迎面吹来一阵晨风，把爬山累得身上浸的汗都吹干了，濡湿的衣服贴在邵一平脊背上，反而感到凉了。他望着弯曲下去的山路，同时也带来一种轻快之感。三只白鹅从山顶扫

过，他捡起路上的石片，哗的一声，向白鹨扔去，一边摇头摆脑地唱着流行的歌曲：

　　　　我们都是神枪手，

　　　　每一颗子弹消灭一个仇敌……

　　白鹨并没有被打中，歌声回绕在山谷里。

　　走在邵一平后面的炊事员老张，见他又要捡石子，便推了他一把，说："别玩儿了，快走吧，小鬼。"

　　小鬼回过头来给他做了一个鬼脸，说："巴巴眼，望望天，保你掉不了队。"

　　白大夫和童翻译已下了山，沟口又是一马平川，可全是沙子，但已经有点冻结着了，蛮坚硬的，急速的马

蹄子打在上面，像骤雨打在石片上，发出清脆的音响，滚过寂寞的早晨的平川。

跑了约莫四五里地，白大夫勒住马头，和童翻译平行地缓缓走着。

白大夫手里拿着马鞭子，在空中画着圆圈玩儿，一边对童翻译说："童，我一到了华北敌后，就变成聋子和哑巴了。"

童翻译不知道这是什么意思，歪过头来望着他，听他说下去。

"我很想知道这边的情形，可是我说的话，别人不明白；别人的话，我听不懂，这样不是成了哑巴和聋子了吗？"说到这儿白大夫不禁笑了起来，"想不到我的嘴和耳朵会失去了效用。"

"我可以做你从不懂到懂的桥梁。"

"你是我唯一的伙伴。现在战事怎么样了？"

"正面战场，武汉撤退以后，还没有什么大的变化。正面战场相持，敌后战场的反'扫荡'就频繁了，最近战斗比较多，雁北打了几场……"

"都很顺利吗？"

"很顺利，只有一次遭遇战受了一点损失，伤亡三十多个。"

"你想，依靠目前的力量，可以在敌后广大区域坚持下来吗？"

"完全可以。各地方老百姓都组织起来了，和军队结成一体，这是一个最有力量的保证。"

"那好极了，日本法西斯一定要垮台的。"

"这只是时间问题。"

"以后你每天给我讲一小时关于边区的政治、经济、军事、文化和群众各方面的情形，好不好？毛主席和中国共产党领导中国革命的经验，我是太需要知道了。"

"好的。"

"我实在太需要知道了，在加拿大的时候，我就很少知道中国的事情，到中国来再不学习就不应该了。"

"我随时都可以，只要你有时间……"

晚上，完成了八十里的旅程，到下关村宿营了。九旅卫生部古部长特地到这儿来迎接他们。第二天这一小队人马进入崇山峻岭的雁北，走了三十多里以后，是一条深邃的狭小山沟，两边山岩耸立，岩头伸出来的树枝，遮住了灰蒙蒙的天空。沟里阴沉沉的，没有一丝人声，只是岩底层的石罅_{xià}里有着汩汩的溪流声，下面挂着一长串亮晶晶的冰穗子。

一片片雪花，从山岩顶上吹落下来，铺满了一地。

白大夫伸出手来哈哈气，一个劲地搓。一会儿，踏在镫子里的脚也有点麻木了。他翻身下马，童翻译也跳下马来，一同走去。

白大夫望着两边的山岩说："这地方温度这么低？"

"雁北是出名的冷地方，"古部长接着说。这时走到沟口，矗立面前的是一座高山，山峰隐入灰蒙蒙的天空，渺不可见。山麓下是一片坡坡的庄稼地，古部长指着这地继续说，"这地方连小米也不能种，气候太冷，只能种莜麦。"

"和河北省相差有二十度。"童翻译把两只手紧紧地放在棉军裤口袋里。

白大夫伸出两个手指来说："至少二十度？"

"这不算什么，我们从前过雪山的时候，"沉默的尤思华开口了，"那才叫冷呢，走路谁都不敢站下来，一站下来，倒在雪里，人就死了。"

越过前面那座高山，每个人身上披着一身雪花。邵一平的背包已经给雪浸湿了，白大夫脸盆上积着一层厚雪，他的腿已经有点酸软了。

黄昏，他们到了灵丘河浙村九旅后方卫生部（由于战争环境的需要,卫生部分成两部分,还有一部分随部队在前方),穿过欢迎的行列,他们进了村,到了卫生部办公室,那儿茶水、房间,一切都准备好了。

古部长带了一个二十多岁的青年走过来,瘦瘦的,高高的,容貌英俊、果敢,给白大夫介绍道:"这是我们卫生主任方同志。"

方主任给白大夫敬了一个军礼。白大夫给他握了握手,便连忙脱下雨衣,摸摸日本皮帽子上的雪花,急忙忙地问古部长:"病房在哪儿?"

"不远,待会儿,吃完了饭,再去看病房。"

"吃饭还有多久?"

方主任计算了一下时间,说:"都准备得差不多了,大概有二十分钟就可以了。"

"那太久了,先去看病房吧。"

方主任顾及他们行军了一天,又是山路,又下雪,并且还是早上出发时吃的饭,太疲劳了,就劝道:"休息一会儿再去吧?"

方主任望着古部长,在征求他的意见。

古部长同意方主任的意见:"休息一会儿再去。"

白大夫忽然严肃起来说:"我是来工作的,不是来休息的,伤员在等着我们呢。"

尤副部长说:"先去看看也好。"

他们一块儿走进了病房。白大夫一气检查了三十多个伤病员,有几个是刚从前线上抬下来的,这其中有五个要立时动手术。白大夫掉过头来叫:"凌大夫。"

凌亮风走到白大夫面前去。白大夫问他:"二十分钟以后能行手术吗?"

凌大夫是军区卫生部的医务科科长,从前在外边一个医药专科学校毕业，加上他到这个部队里的几年实习临床的经验，他成为军区著名的医生之一，他是不声不响埋头工作的人。他在医疗队里担任检查每一个单位的手术室工作，规定到了每一单位要马上检查，报告白大夫。今天刚到，也没休息，就跟着一同查病房，还没有来得及去检查手术室，他答道："我还没有时间到手术室去看呢。"

"马上去看。"

凌大夫正要走出来，给方主任拦住了："白大夫，二十分钟以后可以行手术，我去准备好了，你们先吃点饭，待一会儿好动手术。"

"我也要去参加准备工作，那么，一道去吧。"

"不吃饭吗？"古部长问白大夫，他怕白大夫饿了。

"没有时间。"

手术室里，四面挂着白布，屋顶上也绷着白布，当中挂着一盏汽灯，嘶嘶地响着。室内正当中放着一张石制的手术台，台左边是一张器械桌，放着一套消毒过的手术器械，用一块消毒过的白布盖着。屋子里弥漫着一股麻醉药味、酒精味、血腥味的混合气息，七个人在屋子里，一点声音也没有，静得可以听见白大夫均匀的呼吸声。

手术室玻璃窗外面，围着一大群卫生部的工作人员，透过纱布窗帘的空隙，向室内张望。

白大夫洗完了手，第一助手尤副部长、第二助手凌大夫、麻醉师、童翻译都站在指定的位置上，古部长和方主任悄悄地站在白大夫的斜对面，好学习他怎样动手术。

一个年轻的叫作萧天平的伤员，躺到石制的手术台上了。伤员脸色苍白，左大腿上，捆着满是脓血的绷带，紧粘在血肉上，伤口里发出一股臭味，绷带缝里露出一根犬牙般的长骨，因为伤后治疗没有上夹板，以致下腿向内翻着。

白大夫把手里的夹血管钳子扔在器械桌上，两只手交叉在胸前，满脸怒色，盯着古部长，问道："这伤员是谁负责的？"

古部长是一个谨慎的人，看了这样子，他有点发慌了。他支支吾吾地答："这，这是一个医生……"

方主任一副惶恐的面孔，有点发白，急得呼吸都仿佛停止了。

"我要知道这个医生是谁。"白大夫又说。

方主任勇敢地承认道："白大夫，是，是我……"

"为什么不上夹板？"白大夫说，同时心里想："怎么这位主任连夹板也不知道上。"

"因为物质条件困难，前方夹板不多，准备的十个夹板都用完了。"

"因为不上夹板，需要离断……"他惋惜地对躺在手术台上的伤员说，"要切掉呀，好孩子。"

雪亮的灯光射在伤员的脸上，伤员的眼泪泉水般地向外流着。事情很严重，但更严重的是没有时间来马上追究这件事。

麻醉师给伤员上了药，必须等一会儿才能达到深醋的麻醉程度，他利用这片刻的时间给医务工作人员讲离断术的历史："在最初的时候，还没有血管钳子的发明，止血是用烙铁的。十六世纪的时候，一切创伤都是用烙铁烧灼，或注射沸油作正当治疗……"

手术开始，锯骨的声音，嘶囉嘶囉地响着。白大夫做完了手术，握着离体的下肢，用钳子夹着一条肌肉，恋恋不舍地说："在技术上说，这还是活着的，这是生命啊。在海洋中，在日光中，至少有一百万年的变化史呀……"

直到深夜十二时，白大夫才把手术做完。方主任走出手术室，他想躲到屋子里去，饭也不吃了。但得给白大夫他们布置晚饭，而昨天古部长给他商量好了，叫他陪白大夫吃，加紧向白大夫学习，提高自己的技术。方主任有点怕去,去了会提起萧天平的事;但又有点想去。布置好晚饭,他终于和白大夫坐在一桌吃饭了。他觉得今天的菜虽然丰富,却一点味道也没有,吃鸡是蜡样的,吃红焖肉也是蜡样的。他低着头,怎样也抬不起来,好像白大夫每一时刻都在注视着他,弄得他坐在那儿不知怎样是好。他草草吃了一碗饭,便放下了筷子。

饭后,白大夫果然又提到伤员下腿骨折没上夹板的事,虽然是对古部长说的,可是方主任觉得每一句话都刺在他的心上:"这件事,我要给你们旅长写信的。假使一个连长丢掉一挺机关枪,那不消说是要受到处罚的,而一个医生对伤员……枪还可以夺回来的,但生命,人啊……"

方主任移动着脚步,想走开,好像白大夫的眼光在监视着他,不让他走似的,他的脚又停下来了。真的,现在白大夫在望着他说下去:"爱护伤员要像爱护亲兄弟一样——像你希望别人爱护你那样地爱护伤员……"

方主任有一大片道理:没有夹板不能怪他,他从小就和伤员厮混在一起,可以说他是最知道怎样爱护伤员的,可是他一句话也说不出来,几次想说,都呐呐地停住了。

尤副部长在白大夫面前给方主任解说:"这实在是因为军区目前物资条件太困难,在前线还没有足够的夹板设备,这不能怪方主任,主要由我们军区卫生部负责,特别是我要负责。我们没有在物质条件困难的情况下设法供给各部队足够的夹板。没有夹板,不能怪方主任。"

"你们老说没有,没有,没有就要想法做。"

"钢铁夹板实在困难,在目前条件下,很难供应。"古部长说。

尤副部长说:"没有钢铁的夹板,可以先做点木夹板代用,古部长。"

"好的。"古部长满口答应。

白大夫想起王旅长电报上所说的战斗，伤员应该很多，为什么这么少呢？他很奇怪，便提出来问古部长他们。方主任这时才怯生生地答出话来："我们这儿是第一所，重伤员都在曲回寺，那边是卫生第二所。"

说完了话，方主任如释重负，身上感到轻松多了。白大夫猛地站了起来，说："医生是哪儿有病人，上哪儿去。你们为什么带我上这儿来，不带我到曲回寺去？为什么？"

古部长因为这儿是卫生部，照例先把客人带到卫生部，然后再去第二所。但照白大夫那条原则，他一时竟说不出这个理由来了。

白大夫抹上袖子，看看夜光表，快一点了。

夜已深沉，村里人早已沉入甜快的睡乡了。

白大夫想了一想说："明天早上四点半钟去曲回寺，能准备好吗？"

古部长有点犹豫，没有立刻答复。

尤副部长接上去坚决地说："明天早上四点半钟一定出发，快去准备，古部长。"

"好。"古部长遵照尤副部长的指示答应下来了。

古部长和方主任出来，走到门口又犹豫了，站在门外，村里的大街上阒无一人，连狗的踪迹也看不见。雪已停了，街当中有一条灰黑的行人们踏出来的路，已冻得结结实实。刺骨的山风把他们两个人吹得打战，古部长、方主任缩着脖子，退到门里来了。

"老头子忙了一天，这么晚才睡，又要四点半出发，不太疲劳吗？"古部长打了一个哈欠说。

"是的呀，他一睡还不睡到八九点钟。"

"要不要通知他们准备呢？"

"还是去通知一下的好,凡事都要小心,宁可我们准备好了,他不去。"古部长说。

"要通知,我去通知管理科好了。你累了,先回去休息好了。"

"不行,我得打电话告诉第二所,叫他准备一下,不要到那儿手忙脚乱的。"

古部长生怕误钟点,一躺到床上就记住四点半这个数目字,把手表放在枕头旁边,一会儿看看,一会儿又看看,翻来覆去怎么也睡不着。眼睁睁地看着短针走到4,长针指着12,他起来了。穿好衣服,悄悄走到白大夫窗外一看,屋子里已经点好了灯,亮堂堂的。他敲门进去,白大夫穿得整整齐齐,第一句话就问:"现在开饭吧?"

"好,好。"古部长连忙退出来,走去看方主任:"白大夫起来了,快准备出发……"

方主任招呼开饭,收拾器械,拉牲口,上驮子……古部长去请白大夫吃饭,白大夫已和尤副部长他们到病房去了。古部长赶到病房,满脸是汗,看见白大夫在检查昨天动手术的伤员。

白大夫站在萧天平面前,弯下腰去,用一盏菜油灯照着他的脸,注视他的神情,用他生硬的中国话问道:"好不好?"

"好。"

"腿很好吗?"

"很好。"

"痛不痛?"

萧天平摇摇头,说不痛。其实麻醉过后,他倒是痛的。白大夫听他说很好,简直快乐得跳起来了,嘻着嘴对童翻译说:"只要伤员告诉我一声好,那我就不知道该怎样快乐了。"白大夫拍拍萧天平的肩膀,安慰他说:"孩子,好好休养,不久就会好的。"

他们又到别的病房去检查，最后回到护士办公室里，对护士长说："不要萧天平自己行动，王少清在两天以后换绷带……"

他详细地吩咐了对每一个伤员的处理，然后才回来吃饭，匆匆吃完，他和童翻译向村口走去，在小庙那儿等候出发了。

东方云层里透出一线曙光，天慢慢放亮了。

村口有一座小山神庙。小庙的墙上慢慢露出一幅彩色的壁画。白大夫对着壁画上一幅神像望了又望，忽然嘻开嘴，微笑起来，他打开挂在胸前的兰卡小照相机，镜头的红点转到五点六上，以五十分之一秒的速度，咔的一声，壁画上的神像收进了他的镜头。他指着那个神像，愉快地扬起眉头，对童翻译说："这个神的眼睛很大、很圆，肌肉也很好，你看，是不是有点像我？"

童翻译笑盈盈地点点头。

"我把他照下来了，好带他走。"

白大夫看村里的队伍还没出来，早晨的寒流侵袭着他的身子，有点冷了。他不禁跳起却尔斯登舞来，铺着一层薄薄寒霜的冻结的土地上，发出有节奏的音响来。他招呼童翻译道："童，你也跳……"

童翻译不会跳，他摇摇头，羞涩地退后两步，注视着白大夫的步法。

"跳吧，什么会跳不会跳，活动活动筋骨……"

白大夫过去拉过童翻译的两只手，两人面对面的，带他跳将起来，一高一矮的影子，不相称地映在小庙的壁画上。童翻译低着头，忸怩地跟着白大夫走，那两只脚好像临时不属于他的了，指挥不灵活，不知怎么样才对。一眨眼的工夫，他身上汗出来了。

村子里传来嘈杂的人声，古部长带着医疗队出来了，他忙到现在，各事才办妥，连饭也没顾上吃，就随着出发了。

白大夫他们到了曲回寺检查了一百多伤员，动完了手术，第二天

得到王旅长自前方打来的电报,请他到前方去,那儿将有一个战斗。广灵、灵丘是南北贯穿的汽车道,敌人经常出来活动,王旅长在汽车路两边的小山上部署了一个伏击战。白大夫一听到这件事,手舞足蹈地跳了起来,不住地对童翻译说,他盼望了很久,要到战地去治疗,军区可没有给他这个机会,这一次满足了他的要求。他带着手术器械,连夜就赶到前线。第二天下午果然打响了,四十五辆汽车从广灵开往灵丘,三五辆一队,在汽车道上连成一长条线,卷起阵阵烟尘。战士看见汽车来,伏在山头上手直发痒,要开枪。王旅长阻止住了,叫他们听命令再放枪。一辆辆汽车过去,战士看得眼睛发红了,可是王旅长还不叫开枪,直到过去约莫二十辆汽车,才下命令动手,山上的轻重机枪齐发,把敌人的队伍打成几截。车子上的敌人跳下来,向两边山上冲锋，冲了七次，三四百敌人在山下倒了，两头汽车才慌忙撤退，狼狈而去。战斗结束，王旅也有一百多伤亡。白大夫就在离前线五里地的黑寺村进行战地初步疗伤。四十个小时内，施行七十一台手术，因为战地医疗队靠近前线，缩短了运输时间，有二分之一的伤员，手术后没有感染化脓。从黑寺村前线，他回到上石矶村，那儿是九旅前方卫生部。

在白大夫离开河浙村不久，一副部队里的帆布担架，重甸甸地由四个民夫抬着，急忙忙地赶来，后头跟着一个警卫员，走到九旅后方卫生部的门口，轻轻地放了下来，民夫解下头上的白布包头，再拭去额上流下来的如雨的汗流。

担架里躺着的是×团政治工作干部，叫作许庆成，右手受伤，发炎，流血不止。由于出血过多，神经有点迷糊，嘴里断断续续地哼着，发出不清晰的呼唤，要仔细去听，才能听得出他是叫着："白……白……大夫……白……"

跟来的警卫员从图囊里掏出一封介绍信，他走到站在门口的哨兵面前，敬了一个礼，性急地问："同志，白大夫在吗？"

"白大夫吗？不在。"

警卫员连忙向哨兵摇手，叫他声音讲低一点，他怕这句话让许庆成听去。许庆成见担架放下来，知道已经到了，他睁开眼睛，已听见哨兵的回答。他旋即抬起头来，不信任地重复问道："白大夫真不在吗？"

他希望对方更正刚才的话。

直朴的哨兵却不了解他的心情，更不知道他为什么要问白大夫在不在，依然根据事实告诉他："真不在。"

许庆成眼前一阵眩晕，昏昏沉沉地失去了知觉，闭上了眼睛。哨兵吓了一跳，不知是怎么一回事，低下头去叫他："同志，同志。"

没有得到一点反响。警卫员急得满头是汗，不知所措地蹲到担架旁边，低声地呼唤他："许庆成同志，许同志……"

病人仍然不搭腔。灰白的面孔上，眼睛、嘴，全紧闭着。正在大家焦急得不知怎样办的时候，方主任从部里走了出来。他接过介绍信看了看，问清楚了情形，知道是晕过去了。他用手放在病人的鼻子下面去，感到一股轻轻的热气。民夫把担架抬进了手术室，方主任揭开被子一看：担架上流了一大摊血，右胳臂为弹片拉断，只是靠着筋肉在联结着，上面全是泥土。方主任用蒸馏水给他把泥土洗掉，检查一下，看他流了这样多的血，而伤势又这样沉重，他感到很棘手。凭他的经验和他从临床得来的一点技术来看，这伤号十有八九是无望了。但他没说出来，只是轻轻地叹了一口气，很惋惜地走了出来。

方主任立即打电话到上石矶，告诉古部长伤员的情形，问白大夫怎么办。那边是童翻译的声音："白大夫马上就来。"

白大夫背上挂包，和凌大夫、童翻译一块儿，骑上马，奔驰而来了。

上石矶村离后方卫生部有五十里地，进村时，白大夫那匹棕红色骏马的臀部，发出烟似的蒸气，在毛缝中淌着溪流样的汗雨。

白大夫气咻咻地走进手术室，直走到许庆成旁边。这时病人已稍微清醒了一些，方主任对他叫唤了两声，他眼睛微微睁开了一下，旋即又无力地闭上了。方主任低声地对他说："许同志，白大夫来了。"最后一句的声音提得比较高。

病人惊奇地睁大眼睛，怀疑地在四面寻找，感觉很吃力，漫无目的地在望。

白大夫低下头去，正对着他的面孔，说道："来了，孩子。"

许庆成灰白的脸上，顿时闪上一丝微笑，好像自己重又获得生命的希望有了保证似的，下意识地、很安静地点着头："好。"

白大夫检查完了，病人需要行离断手术。但是以"血色素对照"化验，是严重的贫血状态，体温又高，精神萎顿，大小便不正常，人是很危险了。白大夫立即给伤员止了血，然后指着伤员，以一个和蔼的教师的态度，用商量的语气问方主任："你看这伤员怎么治疗？"

　　方主任虽然是卫生部卫生主任，是苦学得来的，但在医学知识和技术上是没有根基的。他又仔细检查了一下伤员，凭他的经验，要是不立即行手术的话，伤员在很短时间之内，一定死亡；如果行手术，这样的严重贫血状态，那结果，也还是死亡。他犹豫地说："我看很难治疗……"他又怕说错了，便改口道："我不知道……"

　　"你是哪个医科学校毕业的？"

　　"我没有上过医科学校。"

　　"那你怎么当起大夫来呢？"

　　"我也没正式学过医，是自修的，在军队中临床实习出来的……"

　　"多久了？"

　　"还不到五年……"

　　"那你能有现在这样的技术是很不错了。在任何一个国家没有进过医科学校的人，是不可能有你这样技术的。"

　　"我的技术很差，需要好好学习。"

　　"哦，"白大夫很有把握地说，"伤员流血过多，需要立即进行手术，然后给伤员进行输血，生命是可以保存的。"

　　白大夫叫凌大夫验一验这伤员的血型。凌大夫在伤员的耳垂上取了一滴血，放在玻璃片上百分之一的一滴枸橼酸钠生理食盐水里，用标准血清滴在玻璃片上的血液浮游液内，反应结果是 B 型。白大夫翘起胡髭的嘴角上，浮起微笑，快活地说："我是 O 型，万能输血者，我可以输，准备手术吧。"方主任考虑到他的年龄和衰弱的身体，劝他道：

"还是找另外一个人来输吧。"

"用不着。"

"我来输好了。"方主任说。

护士丘生才走上来说:"我来输好了。"

"我输不是一样吗?前方将士为国家民族打仗,可以流血牺牲,我们在后方的工作人员,取出一点血液补充他们,有什么不应该的呢?况且对身体并无妨碍,别耽搁时间,救伤员要紧。"

白大夫把手术器械检查了一下:里面缺少行这个手术所需要的器械。他伸出双手,失望地耸一耸肩,对方主任说:"没有锯子?"

整个九旅卫生部只有一副不完全的手术器械,而这不完全的手术器械,又大半给古部长带走,放在前方卫生部去了。白大夫倒是有一套完全的,不过也放在上石矶村前方卫生部,刚才没有带来。方主任亲自出去寻找,找遍了后方卫生部,只有一把工兵的锯子,他如获至宝似的跑进来,递给白大夫。

白大夫接过来仔细端详了一下,摇摇头,递还给方主任,冷峻地说:"这是什么锯子?知道吗?"

"这我知道,这是工兵锯子,锯木头的。"

"锯木头的,怎么好锯骨头呢?"

"我们前方缺乏手术器具,有时没有办法,只好用别的器具代替。"

"我不用。"白大夫摇摇头。

方主任碰到了难题:整个后方卫生部,除了这把比较算是好一点的锯子以外,实在找不出第二把来了。他接过白大夫给他的锯子,只是发怔,独自喃喃地说:"是的,我也说这个锯子不行嘛,不是动手术的锯子。只是我们这儿没有,这怎么办呢?我到上石矶村给你取去,白大夫,你不是有锯子吗?"

"来不及了。"白大夫说。

童翻译建议道："是不是可以试？也许可以哩。"

白大夫取回那把锯子，在一块破木头上试锯了几下，还算锋利，他决定用这把锯子了。他把锯子交给护士消了毒，一边说："腰椎。"

麻醉师给躺在手术台上的许庆成施行了半身麻醉，手术在悄悄地进行着，只听见低微的锯骨的嘶嘘嘶嘘的音响，白大夫很吃力地把骨头锯断下来了。给病人皮肤缝合，包扎上绷带，白大夫便躺到另一张手术台上，紧靠着伤员，解开衣服，对凌大夫说："来，快点输血……"

大家围住手术台，童翻译看凌大夫给白大夫和伤员的肘窝部进行了严密的消毒，用输血器插到两个人的静脉里：加拿大人民优秀代表的三百毫升的血液，在静静地输到中国人民的战士身上……

童翻译看看伤员苍白的脸上，慢慢发出红晕，内心一种愉快的情绪汹涌起来，他圆圆的脸庞上漾开笑纹，腮巴子上留着两个精圆的小酒窝。

输完血，白大夫跳下来，情不自禁地举起右手来对大伙说："这个伤员，我们救活了。"

丘生才刚才没有能够输血，站在一旁，心中有点不满意。白大夫走过去，拍拍丘生才的肩膀："好孩子，输血的机会多得很，下次一定第一个叫你输。"说完便转过脸来和方主任商量，"这样好了，我们成立一个志愿输血队，把队员血型检查好，省得临要的时候费事……"

方主任同意他这个意见。

丘生才首先报了名，接着后方卫生部的方主任等工作人员都一一报了名，童翻译也参加了志愿输血队。白大夫虽然刚才已输过血，但他还是硬要参加，他说："我休息几天，还是和你们一样可以输血。能输血救活一个战士，胜于打死十个敌人！"

三

十二月十五日,特种外科医院筹备工作宣告完成了。

军区的每一个卫生机关都派代表来参观学习。九旅的方主任带了王旅长的介绍信,从灵丘河浙村兴冲冲地赶来。方主任是一个农民出身的外科医生,从小在家乡安徽放牛,一个大字不识,十三岁参加路过家乡的红军,从勤务员、卫生员、护士班长、实习医生这样升上来的。他生平没有进过学校,他的医学知识和外科技术是从辛勤学习和临床上得来的。他的药物拉丁文名称,是叫人写下来,用中文字注音,在菜油灯下,别人睡觉了,他一个人一个字一个字死记下来的。如今许多药名,他还是认得,可是读不出来,勉强读出来,音也不准确。现在还保持这份苦学精神。人很老实,也不大会说话,本本分分地埋头工作。他有一颗向上的心,辛勤是他的特点。这次被派来参加学习,他给自己绘了一个美丽的远景:从白大夫那儿学习一个时期,把许多艰难的大的手术学会,再从书本上充实一下自己,这完全要靠自修了。努力使自己成为一个名副其实的外科医生。单记得一些拉丁文药名现在已经感到不够了,要学英文,一方面可以看英文的医疗书籍,另一方面能够和白大夫接近。他在卫生部里组织了英文小组,他首先报了名,小组里一共有四个人,请政治处的宣传股长教授。方主任还是用他学拉丁文的经验,把生字一个个记在练习本上:第一个是英文单字，第二个是中文注音，第三个是意思。这方法宣传股长不同意，说是将来发音会不准确的。但他有自己的意见：只想看看书，不想会话，不用中文注音，他就记不住。靠中文注音，同组的人认识了三个单字，因为他记忆力差，才认识两个字。五天以后，他就赶上了。他把练习本放在口袋里，没事的时候，背着人面，独自在咿呀学语。骑在马上，他也拿出练习本来，看了一遍就喃喃地念着。一直走到山坡口上的杨庄，他才把练习本子放进口袋里去。

他从山边走进村子，什么地方也没有去，就径自走到白大夫房间来了。

白大夫看完介绍信，抬起头来向方主任从头到脚打量了一番，仿佛不认识他似的，又好像是想从他身上寻找出一些最近有什么进步一般的，然后凝思地问道："九旅卫生部派你来的吗？"

"是的。"

白大夫脑海里立时反映出一连串的人影和物件：没有上夹板的萧天平伤员，右胳臂离断的许庆成伤员，工兵的锯子，没有正式学过医……这些事情在白大夫脑海里起伏，对方主任构成一个平庸无能的印象。他很惊奇九旅竟然派这样一个人来学习，把信递给方主任，冷淡地说："我们这儿不需要你，你可以回去。"

方主任以为他还未了解王旅长介绍信上所说的话，就一一给他解释，最后说："王旅长派我来，代表卫生部参加实习周，向你学习……"

方主任想把介绍信重新递过去，希望他再看一遍信里的内容。可是在半道上给白大夫阻止住了，他一个劲地摇手，急着说："我完全明白王将军的意思，可是我这儿不需要你这样的人……"

方主任木然地立在那儿，望着白大夫，望着白大夫身后墙上挂着的一幅人体解剖图。他满心欢喜地跑来，突然迎头浇下来一盆凉水，冷了他半截。这完全出乎他的意料之外，现在他不知道是留在这儿好呢，还是真的如白大夫所说的，马上回到旅部里去呢。但为什么不需要像他这样的人呢？这儿不是要调人来学习吗？他正是来学习的啊。是不是他犯了什么错误？他想不通。幸好站在旁边的童翻译把他从窘困的境地里搭救了出来，童翻译走上来插言道："他是王旅长派来参加的，你可否说明不需要他参加的原因？"

白大夫直率地说："他的水准太低，工作能力不行，不可能训练为一个好的外科医生，所以我不收留他。"

方主任明白了白大夫的意思，脸上热辣辣地泛起一阵红晕，惭愧地感到自己过去学习的确很差，技术也差。虽然冬天穿着格军装并不暖，但他身上感到发热了。他觉得自己太不中用。

童翻译企图从旁挽回，向白大夫解释道："方主任和王旅长一块儿工作很久，王旅长是很了解他的，大概王旅长看他可以造就成为一个外科医生，才会派他来的。"

"要能学习，到别处去学习，我不要他。"

"你是否可以先收留他试试看，如果不行，可以再叫他回去。"

方主任接上来说："我的底子的确不行，白大夫要是让我参加实习，我一定好好学习，提高我的技术……"

"这个我知道，"白大夫伏在桌子上，在一张白纸上用钢笔沙沙地写了一个条子，放在方主任手里。方主任脸上立即漾开了笑纹，以为白大夫收留他了，给他一个允许的条子。但是白大夫站起来，却说出和他的希望完全相反的话："这是我给王将军的信，你回去，立刻把信交给他，说是他派的人不妥当，不应该派你来——你可以走了。"

一阵寒冷顿时掠过方主任的脊背，从头上一直冷到脚心，陷入失望的泥沼中。他还想努力挽回，紧接着说："白大夫……"

白大夫很吃力地接连咳了两声，他想讲话，可是，刚刚比较好了些的扁桃腺炎现在又痛起来了。那只发炎的手指也很胀痛。咳完之后，他慢慢地说："关于这件事，没有再讲的必要了。"

方主任失望地望着童翻译，企图他能帮点忙。童翻译是个机警的人，看看事情暂时无法挽回，便暗示他出去，说："等等再说吧。"

方主任失去了主宰，那两只腿仿佛突然变成不是他的了，停了一会儿，才茫然慢慢移动着。他在街上飞快地走着，生怕遇到什么熟人，特别避免遇到九旅和别的部门的代表们。走到转角处，碰到军分区卫生部徐部长，他有意把脸转过去，但已来不及，徐部长看见了，微笑地走上来给他打招呼："方主任，你也来了，是参加特种外科医院学习的吧？"对方漫不经心地应了他一声："嗯。"

不说是，也不否认，他满意自己的回答。

"这么早，你上哪儿去？我们到村边散散步去，反正闲着没事。"

"不，我还有事哩。"方主任心里想："你倒潇洒，闲着没事，散散步，等着学习吧。我可没有那种闲工夫陪你玩。"他径自走去。

徐部长觉得方主任是一个随和的人，平常有什么事找到他，没有不答应的；要上哪儿玩去，他在一群人当中是唯一没有意见的一个，上哪儿都可以，随大家。今天却突然变了，真有点奇怪。

方主任走到分配给他的屋子，恰巧与徐部长同房间。徐部长的行李已经从马鞯子里取出，铺得好好的了。方主任的行李还没打开，他也懒得打开，失望地倒在黄马鞯子上，感到一切都烟消云散了。什么提高技术，什么学习英文，全完了。他在革命队伍里最多只是一个卫生行政人员，凭他现有的水准，只好看别人学习进步，他这一生休想当一名合格的外科医生了。在极度失望当中，他忽然把希望寄托在儿子身上，他想等儿子长大了，先让他读小学、中学、卫生学校，读上十几年，当一个外科医生，完成他父亲的志愿，把所有的伤员都救活。想到这儿，他忍不住笑了起来，问自己："到那时候还会有战争吗？没有战争，哪儿来的伤员呢？"继而一想，又给自己解释："和平时期，外科医生也有用处的。"但现在要不要回九旅去呢？这个问题可难了。"要是回去，人家一定问：你代表去学习，学了一些什么回来？我怎么说呢？留下来，等到特种外科医院开幕，大家去学习，一定拉着我走，说：'老方，跟白大夫学习去。'我走不走呢？去了，白大夫会不会让我学习？不会的，今天他的态度多坚决！"觉得自己进退为难了，怎么的也想不出一条出路。最后他想通了：这次不能学习，将来总有机会学习的。党会根据他的水平来培养他的。他现在之所以有了一些技术，也完全是靠党培养的。

童翻译看方主任郁郁不乐地走出去，知道他心里不高兴，特地赶来看他。走进门，便推推他的肩膀："方主任，你的事，慢慢想办法好了。"方主任连忙抬起头来，说："童翻译，你帮帮我的忙。"

"好的，"童翻译说，"我把你的情形再给老头子说说看……"

"我走不走呢？"

"走了，白大夫要是答应了，谁来学习？"

"那你是叫我等着？"

"嗯。"

"人家要问起我来，怎么说好呢？"

"反正开幕还有几天，到那时候再说那时候的话，你自己找机会，再向白大夫要求……"

"你得给我好好翻译……"

特种外科医院实习周开幕的前一天晚上。

白大夫的扁桃腺炎更厉害了，左手中指因为开刀不小心，划破了一小块，发炎，也还未消肿，因此影响到心脏，他全身发热了。

各分区卫生机关的代表到白大夫屋子里来看他的病，方主任走到门口就站住了。他躲在别人背后，怕白大夫看见。

他自己却从人缝当中注视白大夫。白大夫坐在靠墙的一张靠背椅子上，左边放着一张茶几，上面有一小碗食盐水，白大夫那只发炎的中指就泡在食盐水里。嘴上翘起的胡髭，因为几天来忙得没有刮脸，已经长了很长，且显得杂乱，精神却很好。

尤副部长第一个开口："白大夫，手指发炎消了些吗？"

白大夫从食盐水里把手指伸出来给大家看："不要紧，我还可以做事。我们做医生的，特别是外科医生，如同战士上战场一样：战士在战场上，随时有受枪弹的危险，医生进手术室，随时有受细菌侵袭的危险。你们要小心。我们和战士一样，明知有枪弹的危险，还是要到战场上去的。但是必须谨慎！我的老师告诉我，动手术一定要戴手套，但是不戴手套，可以摸得更亲切些。这次不戴手套，就吃了亏。"

尤副部长接着说："白大夫，我说，你还是打一针的好。"

"对，打一针好。"代表中有人附和。

"用不着，我今天已经吃过大量的泻剂硫酸镁了。"

"吃了多少？"尤副部长问。

"六十瓦。"

凌亮风在旁边听得大吃一惊，他知道一般人吃十五瓦到三十瓦就足够了，没有听说吃六十瓦的，要是别人吃，他还不相信呢。可是，这是白大夫，而且是他亲自吃的。

白大夫谈到了特种外科医院："明天我们就要举行实习周了，这是一件很重要的事情，很有价值的事情。你们都是各卫生机关的重要干部，这儿是开展医务工作的中心，希望你们多多提意见。"

大家都没有准备意见，而且实习周还未开始，意见无从提起。白大夫见大家半天没说话，他自己又说："你们来实习，也是来主持这个工作的。这个工作不是一个人能办的，要大家来办，才能办得好。"

"白大夫，你暂时不要想这些事，等你身体好了，再说。"凌亮风说。

"实习周开幕可以推延一下，"尤副部长提出具体意见，"等你身体好了，再开幕。"

"对咯，晚一两个星期也没关系。"童翻译马上接过来说。

"我们在这儿等好了。"古部长说。

白大夫摇摇手，否定了大家的意见："你们不知道，现在多么需要医务人员，你们回去，还要在自己的地方培养一批。伤员是不能等待的，我们要抢时间。"

"你这手指和扁桃腺炎……"凌大夫提醒他。

"不要紧，很快会好的。"

尤副部长在旁边默默地焦急着，白大夫这样会使身体受损失的。

童翻译暗示大家走，他对白大夫说："那你早点休息吧。"

代表们退了出去。

桌子上强烈的煤汽灯的光芒，刺眼地照着白大夫。白大夫皱着眉头，像忽然想到什么心思。他沉默了一会儿，说："童，这次实习周完了以后，技术又可以提高一步，又能培养出一批干部来。只是医药器械问题，还是没法解决。你想想看，有什么法子，可以到敌区买点来。"

童翻译曾经是山岳地带里一个县的县长，抗战刚开始时，他曾随着民运工作队在各地方跑过，这一带人情风物他相当熟悉。他闭着眼睛，把他走过的地方都想了一下，想到曲阳县的时候，他笑了，说："办法倒是有，可是不容易。"

"怎么样？"

"这边有不少教堂，有外国牧师，他们常到敌区去，来往也还方便，如果带点小量药品器械，我想是可以的。"

"什么地方有外国牧师？"

"曲阳郎家庄就有一位女牧师，人倒还好，可是我们从来没托过她……"

"我去找她。——你看，什么时候去好？"

"实习周完了，你不是准备到第三军分区检查工作吗？"

"是的。"

"曲阳就在那儿。"

"好的，药品器械有办法解决就好；这不像干部，训练不出来的，一定要买。"

"训练一个医务干部也实在不容易，"童翻译顺便拉到方主任身上，说，"他就学了许多年，还没有……"

白大夫更正他的话："方主任没学过。"

童翻译于是把方主任从一个大字不识的放牛娃，到参加部队，用功苦学的过程说给白大夫听，白大夫像听故事一样听得入了神，最后大声说道："我还不知道方主任是这样好学的一个人，一个不识字的娃娃，到了八路军里，学成了一个外科医生，虽然技术不大好，但这简直是人类的奇迹。"

"这样的奇迹，在我们部队里很多。"

"为什么呢？"

"因为这个部队，是一个大的学校。"

"大的学校？"白大夫在思考这种新奇的说法。

第二天早上，八点钟，特种外科医院实习周开幕了。各卫生部门派来的二十三名代表、来宾、特种外科医院的工作人员，都到村后边的打谷场来了。这儿是举行开幕典礼的会场，台前挂着庆祝的鲜红的旗子，来宾兴奋地走上台去，讲了衷心愉快的祝词，白大夫以主人的身份说话了：

"……运用技术，培养干部，是达到胜利的道路。在卫生事业上运用技术，就是学习用技术去治疗我们受伤的同志，他们为我们打仗，我们为回答他们，也必须替他们打仗，我们要打的敌人就是——死。因为他们打仗，不仅为挽救今日的中国，而且为实现明天的伟大自由的中国。那个新中国，虽然他们和我们不一定能活着看到，但是，不管他们和我们是否能活着看到，主要的是，他们和我们用今天的行动，帮助了她的诞生，已使那新共和国成为可能的了。但是，她自己是不会产生出来的，必须依靠我们今天和明天的行动，用所有我们的血和工作去创造……"

尤副部长在会上号召大家保证完成特种外科医院实习周的学习任务。

小小的仪式举行之后，白大夫和二十三名代表都去特种外科医院的办公室，换上白色的工作服。方主任照童翻译的吩咐，也穿上雪白的工作服，头上戴着白帽子，静静地跟在大队后面，随他们走去。他们走到护士办公室，屋子太小，里面挤满了人，方主任就站在门口，靠在门框上，看里面的动静。

白大夫在人丛中，因为他高大，他有半个脸突出在一片白帽子的上面，可以看到四面八方。方主任有意把脸偏向外边，避免白大夫的视线。白大夫并没有抬起头来看他，白大夫这时候按着桌子，桌子上有一堆小纸团团。

人丛中发出白大夫的声音："为了提高医务工作人员——医生和看护——的技术，在特种外科医院开幕的时候，我们来举行一个实习周。"

讲到这儿，白大夫伸出那发炎的中指一比画，说，"这个实习周，是集体的实际教育的一个运动周，大家在这个运动周里面，要开始学习熟悉医院里每个人的工作，从当招呼员做起，一直到当外科医生为止，这是实习周的科目。大家不分职别、地位，拈阄，该谁干什么，谁就干什么。"

白大夫说完了话，指着桌子上那堆小白纸团说："现在大家开始拿纸团……"

方主任为难了："我拿不拿呢？白大夫肯吗？要是不让我拿，大家去实习了，我怎么办呢？童翻译害人，叫我穿上这身衣服，真不三不四……"想到这儿，他看童翻译站在白大夫旁，向外边望了一眼，方主任断定：这眼光一定是童翻译在找他，叫他等一等，不然他为什么忽然向外边望了一眼呢？他安心地决定在那儿等着。

屋子里的人在抢纸团……

拿到了小白纸团的人，马上从人丛当中挤出去，站在一旁，慌忙地打开来，看自己在今天是担任什么角色，明知道一会儿大家全得知道，但一种好奇的心理支持各人，暂时都不肯说出来。

九旅古部长拿了一个小白纸团出来，看完以后，问凌亮风："你是什么？"

"不知道。"凌亮风紧握着手里的小白纸团，神秘地笑着，他走到护士办公室对面的墙角落上一看，上面写着三个大字：

招呼员

古部长又走过去，问尤副部长："你抓到什么？尤副部长。"

尤副部长手里拿了一个纸团给他看，微笑地说："我是护士，在等候开始工作。"

方主任见大家都拿得差不多了，他从门框那儿迟豫地走进去，伸过手想去抓一个。白大夫抬起头来，看见他，暗自有点诧异，脱口说出："你！"

"我。"方主任的手，在半道上停止下来了。

"你没走？你要做什么？"

"我自己技术太差，想多跟白大夫学习一些，可以提高我……"

白大夫静静地听他说下去：

"我们部队里医务人员太少，白大夫指教我，提高我的技术……"

童翻译在旁边给他加了一句："学好了，可以多救活一些伤病员。"

白大夫听到"可以多救活一些伤病员"，翘起胡髭笑了笑，说："对，你参加实习周。"

白大夫低下头来一看,桌子上面纸团还剩下一个,他说:"今天只准备了二十二个人的,本来没有把你算在里面,正好徐部长生病请假,多了一个,这个就算你的吧。"

　　方主任打开小纸团一看,拍着腿,笑着说:"是招呼员,招呼员!"

　　每一个人都按照新的工作分配,走上自己的岗位。方主任拿一把扫帚和一盆水到病房里去了,他很耐心地把水泼在地上,轻轻地扫着地。扫完地,病人要大便,他去拿了一个便盆放在地上,扶病人下了床,病人身体还没复原,蹲在地上就发晕,支持不住,他过去扶着他。一股股臭气升浮起来。

　　白大夫领着医生和护士来检查病房了,看见他很耐心给病员大便完了,又小心地把病人扶上床,给他把被子一一整理好,睡得很舒适,然后把便盆端出去。从他身上看不出一点主任的形迹来,简直是一个勤快诚实的招呼员。病房里整理得很有条理,一进屋子便给人一种整洁、静穆、安适的感觉。白大夫见他端着洗干净了的便盆回来,便问他:"这几个病房是你管理的吗?"

　　方主任向病房四周巡视了一番,生怕是出了什么岔子,没发现什么不妥善的地方,便答道:"是我,有什么不对吗?"

　　白大夫点点头:"很好,很好。"

　　方主任这才放下了心。

　　白大夫检查过病房,带着医生护士到了换药室。一个大腿枪伤的伤员,躺在当中的石制的手术台上。抓纸团抓到护士的尤副部长,在动手给他解开绷带,撕贴布。伤员只是叫痛,尤副部长慢慢撕着,很久,才算撕下来了。他用钳子夹出伤口里的脓布,用蒸馏水洗净了伤口,又用碘酒搽了搽,拿贴布涂上黄色药膏,准备贴上,白大夫站在旁边止住了:"贴布上面用一点Bipp,换药的时候,贴布容易撕下来,也不会感到痛了。"

第二个伤员又开始换药……

方主任他们忙完了回来，徐部长躺在床上已睡得很熟了。方主任看他躺在那儿没盖东西，怕他着了凉，便把自己那床黄布面子的棉被盖在他身上。徐部长醒来，看见方主任，便坐了起来："完了吗？"

"完了。你头痛，还是躺一躺好。"

"不，我好了些。"

"晚上白大夫给我们上课……"

"讲什么？"

"脑颅手术。"

"这是一个很重要的课，"徐部长对这门课很有兴趣，"方主任，你应该详细记笔记，现在你记笔记可以了吧？"

"可以，只能记一个大概。"

"慢慢练习，就能全记下来了……"

白大夫、尤副部长和童翻译推门进来，他们见徐部长坐了起来，又是惊，又是喜。尤副部长问："徐部长，好了些吗？"

"好了点。"徐部长见尤副部长和白大夫来看他，心里很感激。

"你为什么不躺下？"尤副部长关心地问。

"刚才方主任回来，谈起今天实习的情形，听得很起劲，就忘记躺下了。"

"还是躺下的好，伤风感冒要多休息……药吃了吗？"白大夫说。

"吃了……"

"出汗没有？"白大夫问。

"没有。"

尤副部长坐在他的床边，伸过手去按着他的脉门，一边看着左手上的夜光表,听了半分钟,很正常,劝他:"还是躺下来,多休息一会儿好……"

白大夫、尤副部长这样关心他,使他感动得把病都忘了。他振作起来,要求白大夫:"晚上我想听你讲脑颅手术……"

"这个不忙,休息好了再说……"

童翻译也劝他休息,要学习可以看方主任的笔记;方主任说他的笔记记不全,要用的时候,可借别人的笔记看。徐部长坚持要自己去,并且说他已经好多了。

晚上,徐部长和方主任一同到办公室去,那儿已坐满了人,只是前一排还有三个空位子。方主任和徐部长无处可坐,只好坐到前面去。白大夫把那盏煤汽灯拿来,放在桌子上,靠墙放了一块黑板。白大夫打开讲义夹子,看了一遍讲演提纲,站起来,说完了一段,童翻译给大家翻译出来:"脑颅手术,是一种最深奥的最艰难的专门技术,除了为着救治伤员的性命以外,绝对不可以随便施行。施行这种手术时,首先需要确定病位,最好能够利用X光镜检查,很详细地检查所有的象征;脑部损伤,往往因为出血、浮肿、外物或渗出物之压迫,而发生各种最重要的象征。施行手术的时候,为了要达到脑内的病位,要注意到不要损坏其他组织和构造……这些,行手术前必须要注意到……"

童翻译翻译的时候,白大夫坐下来,透过他那副白金镶的散光眼镜,在一个劲地注视着方主任。

方主任坐在白大夫左前方,他聚精会神地听取童翻译的每一句话,用心地、迅速地记到小日记本上去,整个办公室静静的,只听见沙沙的铅笔在纸上画的声音。白大夫惊奇方主任记得那样快,精神那样专注。他教授的兴趣更加提高了,好像一个老农播下了种子,不久就看见长出嫩苗的那种喜悦。

白大夫又站起来继续说下去，一直讲到深夜十一点钟，关于脑颅手术的问题，才算是告了一个段落。

大家听得很累了，夹着笔记走回寝室去。

第二天实习，不再抓小白纸团，按昨天的职务升一级，招呼员升护士，医生降下来当招呼员。徐部长和大家一块儿参加了。

白天实习完，晚上又是上课，讲"关于消毒药防腐药在外科上之价值"。

同时，白大夫每天亲自动手术，做完了"腐骨摘除术""赫尔尼亚手术"……配合当时情况，一边做，一边讲，用实际例子进行教育。每个手术之后，白大夫叫代表们各人开十个处方，他细心地给他们修改、说明。他自己也开十多个处方，让大家学习、研究。

一周紧张的生活过去，方主任那本大练习本，记得满满都是字了。他在日记本上这样写下：

"……这七天之中，也许是太兴奋了的缘故，总觉得日子太短，一天天很快就过去了。然而我想每一个代表在这七天中实地学习的收获，胜于读书七月，甚至于……每一个代表都感觉到空空而来，满载而归。尤其是我，要好好珍惜这七天的学习，作为我新的学习起点，回去英文小组要加强……"

实习周最后一个夜晚，代表们都睡了，白大夫在煤汽灯下，面对着那台打字机，哒哒地打着。他把这一次实习周的情形整理出来，一份份打好，好让明天就要走的各卫生机关的代表带回去。这些代表回去，在他们那个机关、那个地区，又可以展开一个实习周运动，使这运动扩大到每一个卫生工作人员中，那技术很快就可以提高一步了。打完了实习周的报告，盖上打字机，已是深夜一点钟了。他把每份报告都写上代表的名字，好分配给代表们带回去。当他写到方主任的名字时，想起过去他对方主任的看法和了解，一股热流涌上了脸颊，他严厉地批评自己，独个儿喃喃地说："这是我的一个很大的错误，看人不能够从表面上去看，也不能够从一方面去看，更不可性急地主观断定每一个人如何，方主任是那样一个苦学的青年，应该给他学习的机会的……"

他又把打字机打开，卷上一张乳白色道林纸的信笺，哒哒地打着。打完了，他抽出来，用钢笔在上面亲自签了名，装在信封里。

脱掉衣服，躺到床上，他已是疲惫不堪，沉沉入睡了。学习像是已经结束，代表们都回去后，各在自己的地区，又把各军分区下面的卫生机关人员召集来，开了一个实习周，训练出一批人来。这时医务人员还是不够用，于是开办了四个医科大学，房子很大，有一个医科大学建筑在幽静的丛山中，四面是参天拔地的老树，周围有百亩地大小，生物实验室，化学实验室，细菌室，解剖室，小规模的药厂，一共收容了三千多青年学生，进进出出，从早上忙到晚上。白大夫给他们上课，因为人太多，没有这样大的教室，三千多学生移到广阔的操场，坐在小凳子上上大课。白大夫的嗓音太小，讲课也太吃力，他的讲台上放着一个扩音机，他身后挂着三大幅人体解剖图，他一边讲着，一边指着图表。学生的海洋，一点声音也没有，只是一个劲低头在做笔记。

讲完了课，休息一会儿，白大夫带着毕业生那班的甲组到医科大学的附属医院去，这是一个拥有八百张床位的现代化医院，单是这一个医院就有两百名医生和护士。毕业生那班的甲组学生分配到各科去临床实习。外科的病人最多，不过这时候各兵团都有了战地医疗队，在火线上做了初步疗伤送到后方来的，化脓的只占百分之点儿。

他们能够即时治疗，调养又好，进院两三个星期，除了少数残废的以外，都送到前线去了。

在前线打仗的战士，每一个人都很勇敢，白大夫和尤副部长在一个山头上，听到战士在一块儿讲话："受了伤也不要紧，到后方医院一住，十天半个月，又是一个健康的人。"

"那当然，你说连长挂彩有多久？"

"我想想看，不是上个月在莲花堡作战受伤的吗？"

"可不是。"

"才三十二天，你说怎么样？他回来了。"

"我没看见。"

"他在营部，升了副营长了……"

忽然有四千多敌人进攻了，他们一个劲冲下去，消灭了一千多敌人，自己也受伤了好几十。一个战士左胳臂受了伤，白大夫要上去给他进行初步治疗，这个受伤的战士，竟然摔开白大夫，和队伍一块儿去进击溃败的敌人。他们一个劲追过去，白大夫忘记了自己是医生，也跟着追了过去。敌人边走边打，一路上掉下了好多尸首，血流得一地，他们队伍从敌人的血迹上跑过去，一直追到城里，把四千多敌人都消灭掉了，把那一座城市解放了。

在人民出来欢迎的时候，那个左胳臂受伤的战士终于不支地倒在地上了。白大夫连忙跑过去，一摸，忘记带治疗药品器械，急得满头大汗，便大声叫道："快拿纱布碘酒来，快啊！……"

"白大夫，白大夫！"

白大夫忽然听见有人叫他，而且感到有人推了他一把，他睁开眼睛一看：勤务员邵一平站在他的床前，他迷里迷糊地跳下床来，在地上四面寻找，嘴里自语着："那个伤员呢？那个伤员呢？"

"白大夫，你找什么？不早了，快洗脸吧，水打来半天都冷了。"

"哦。"

"刚才方主任、古部长、徐部长都看过你，问你还有什么吩咐没有，他们要回去了。"

白大夫这才想起昨天晚上的实习周报告，看着窗外射进来的耀眼的阳光，他才完全清醒过来。刚才的梦，叫着要"纱布碘酒"，邵一平不知是怎么一回事，特地把他推醒的。

白大夫走过去洗脸。邵一平给他把被子叠好后便到伙房那儿去。炊事员老张已把馍片烤好，照规矩用油炸了几片山药蛋，上面撒了一些精盐。

邵一平把简单的早点放在白大夫面前。白大夫拿起一块馍片来，吃着说："你把方主任请来。"

方主任进来，白大夫过去，紧紧握着他的手，方主任感到一股真挚的热力在交流。白大夫抱歉地说："请你原谅我，对你不正确的看法。"

方主任猛然听他说这样内疚的话，一时倒愣住了，不知道是什么事。后来一想，才记起来，大概是指他第一天来的情形。他自己仔细想了想，白大夫并没有对他看错，以他的基础和才能来看，的确是不够跟白大夫学习的。听白大夫这么一说，自己倒反而感到难过起来，说："没有什么，没有什么。"

"这件事，我个人是有经验的，心里感到很难受。我的老师技术很好，脾气也不好，我初学医的时候，害肺病，老师有三回把我从手术室推了出来；不要我学习，说我不能成为一个好的外科医生。当时，我心里很不舒服。但是我坚持学习，我认为要学习好，一定要把肺病治好。我研究肺病，把身体调养好。老师三次把我撵出手术室，我三次都在门口等，老师看我身体好起来，诚心诚意要学习，后来才算收留我。"

童翻译微笑道："原来还有这么一段故事。"

方主任关心地问："你肺病现在好了吗？"

"好了。我现在脾气不好，和我老师有关系，就是受他的影响。"

白大夫把昨天写好的信，和实习周的报告，一并交给方主任，说："这是我给王将军的信，我希望你亲自交给他。"

他们一块儿出去，从山坡的台阶上走向村当中的大街上去。路当中有一段少了一块台阶，不好下，方主任走在前面，他好玩地就跳了下去，白大夫在后面问他："方主任，你跳下去，舒服不舒服？"方主任在下面站了下来，转过脸来说："因为不好走，就跳下去，没有什么不舒服。"

"伤病员能跳下去吗？"

"不能。"

"这是伤病员要走的路，应该给他们铺好，"白大夫指着路边的一块四方的大石头说，"把这块石头移过来，垫上，就可以走下来了。"

方主任走过去搬，石头太沉重了，没搬动；童翻译去搬，弄得气喘喘的，还是没搬动；白大夫帮着把石头搬过去，垫起，他自己在上面试一试，稳当而且方便，这才往下面走过去了。

走到村口的槐树下面，白大夫恋恋不舍地握着方主任的手，谆谆地说："你回去，马上把实习周的情形，传达下去，把这个运动在你们那儿展开来。"

方主任注视着他慈慧的眼光，马上就要和这样令人尊敬的老人分开，他也不由得心酸起来。

"在战地工作要快，做医务工作是救人性命，一点不可马虎，"白大夫又说，"我很愿意帮助你，如果你有什么困难和需要。"

方主任说不出话来，只是黯然地点点头，骑上马，走了。马蹄声慢慢远去，他走两步，便回过头来看：白大夫和童翻译站在村口的槐树下面。白大夫高高地举着手，向他招呼。他在马上也向白大夫招呼，一直走到山路的尽头，快要下山坡的时候，远远还望见白大夫站在那儿。

方主任回去把信交给了王旅长，那上面写着：

……过去，我对中国缺乏了解，特别是共产党领导下的八路军的惊人奇迹，我知道的是太少太少了。因此，我对方主任的认识是错误的，你对他的认识是对的。他在共产党和八路军的培养下能够工作学习，只要他努力下去，是可能成为一个好的外科医生的。通过方主任这件事，我受了深刻的教育，使我进一步了解了中国共产党领导下的八路军的真实伟大的内容。现在，我对你承认我的错误。……

四

　　某军分区卫生部徐部长,从特种外科医院回来,把装着白大夫做的实习周总结报告的图囊轻轻往桌子上一放,伸头到堂屋里一看:没人,只见那一幅山水中堂悠然自得地挂在墙上。他叫道:"叶和贵,叶和贵!"

　　叶和贵端着一脸盆水从院子那边走来了。

　　徐部长洗过脸,把水放在躺椅前面,从军服左胸袋里抽出一张白的长方形的卷烟纸,卷了一支阜平叶子烟,点起,躺到躺椅上闭着眼睛抽了起来。他的两只脚很舒服地放在那盆热水里烫着。他闭目遐思,考虑怎样在本军分区实现白大夫的计划。

　　叶和贵到马号里去取行李,经过村里运动场。吃过晚饭,部里的和卫生所的工作人员正在运动场上打球、游戏,看见叶和贵,知道徐部长回来了。徐部长是代表本分区到特种外科医院去参加白大夫领导的实习周的,这消息早兴奋了分区的卫生工作人员,有些医生在兴奋里还多少夹有一些羡慕。徐部长走了之后,大家便计算着时日,哪一天该到特种外科医院了,哪一天该实习了,哪一天该往回走了,哪一天该到了。他们计算昨天该到,许多人在村口去等,等了很久没见回来,今天还没有人到村口去等,徐部长和叶和贵便在大伙渴望中回来了。医务科科长胡世范首先看见叶和贵,他放下手里的篮球,大声叫道:"部长回来了,部长回来了。"

这声音像经过广播电台广播似的,一会儿工夫,运动场上到处响起了同样的声音:"部长回来了,部长回来了!"

科长、医生、实习医生、看护……都丢下手里的球、棋子、歌唱本子,一窝蜂似的,嗡嗡地拥到部长室来了。

徐部长正好揩干脚,胡世范带着大家一头钻进来了。徐部长马上站起来,和他们亲热地握手。人群中不知道谁关怀地问道:"部长,累了吧?"

"还好。"

"部长今天从哪儿动身的?"

"旺角村。"

"特种外科医院的规模怎么样?"这是胡世范的声音。

"规模很大,军区的首长都去了。"

"学习的方法怎么样?"这是一个医生的声音。

"学习的方法很好。"徐部长很钦佩地对大家说,"临床实习结合课堂讲授进行,白大夫亲自动手和大家一道做。"

"那太好了。"大家异口同声地说。

胡世范看大家东问西问,没一个完,连忙站出来说:"部长今天很累,大家不要再问了,明天请部长给咱们部里的人做一个报告。"

徐部长马上接过来说:"好的。"

天黑下来,叶和贵把部长那盏煤油灯灯罩擦得雪亮,端了进来。大家走了,胡世范仍然拘谨地坐在徐部长旁边,细心地问下去:"白大夫给你们讲什么课?"

"讲脑颅手术,腐骨摘除术,赫尔尼亚手术……很多很多。"

"那好极了,部长,我们正想学这些手术哩,把你的笔记借给我们

看看,然后油印发到各卫生所去,在提高技术上有很大帮助……"

"我的笔记要整理一下,"徐部长说,"然后再印发……"

"希望你快点整理出来。"

"那当然,我回来首先要做这些事。"

"单看笔记不够,部长,你可以给我们讲几课?"

"那可以……"

胡世范听得入神,竟然忘记徐部长旅途的辛劳,又提出一个问题:"白大夫对我们分区工作有什么指示没有?"

"指示?没有。"徐部长指着桌子上的黄牛皮图囊说,"有一个实习周的总结,这个总结做得很好,你可以拿去看看。"

胡世范把图囊递给徐部长,从徐部长手里接过总结来,他匆匆看了一下，随着总结一页一页地展开，他脸上也展开了笑容，最后他说："我们分区也要举行一个实习周？"

"嗯，当然要举行一次。"徐部长肯定地说，"你把总结拿去研究一下，照着上面的指示做好了。"

"要不要计划一下，在分区怎样举行？"

"当然要计划，你先拟一个草案，然后提到部务会议上讨论执行。"

胡世范拿着实习周总结走了。

胡世范根据白大夫实习周的总结和本军分区的具体情况，写了计划，经过部务会议通过，举行了军分区的实习周。军分区各卫生单位派了代表来，也抓白纸球，也从招呼员做起，徐部长亲自参加，领导整个工作。最后，徐部长亲自写了本军分区的实习周总结报告。

军区巡视团下来了。从别的分区巡视到这个分区，整个军区实习周开展得轰轰烈烈，掀起一个学习的热潮，整个卫生工作有显著的提高，特别是徐部长这个军分区进步得更快。

巡视团回去汇报给军区卫生部长。军区卫生部把徐部长的实习周总结报告通报各地，并且在批语上表扬了徐部长。

整个军区卫生工作虽然有显著提高，但是军区后方医院工作进步不大，院长没有人担任，空着有一个月了，军区卫生部便决心调他去改进那边工作。这院里住的全是疥疮休养员。

他接到军区卫生部的命令以后，马上就安排某军分区的工作，和政委交代一下，生怕耽误那边的工作，第二天就急急忙忙出发了。

五

　　白大夫他们到了曲阳郎各庄。白大夫会见那个女牧师以后，就要求亲自到北平去买药和医疗器械。尤副部长把白大夫要去北平的事报告了第三军分区司令员。他和第三军分区司令员商量，觉得应该把这件事报告给军区聂司令员，看他的意见怎么样，要是不让他到敌占区去，马上就回电来。

　　夜里三点钟，尤副部长收到第三军分区司令部转来聂司令员的电报，他本来想立刻拿着电报去找白大夫，看天快亮了，不愿打搅他，就没去。他先在灯下看了电报，那上面是这样写的：

　　　三分区转白大夫
　　　有要事即返军区

　　　　　　　　　　　　　　　　　　　　　　　　　　　　聂

　　早上，尤副部长和童翻译拿着电报走进白大夫屋子。白大夫见童翻译敲门进来，就迎了上去。

　　童翻译把电报念完给他听，白大夫不解地问："什么事？什么要紧的事？"

　　"不知道。"

　　白大夫两手叉着腰，低着头，抽着烟，在思索。他走了两步，又返回来,踱着方步:"有什么要紧的事,要我即刻回去呢,我在外边工作还没完,怎么办呢?"

尤副部长走过去说:"没办完的事,只好暂时结束一下。"

白大夫坐了起来,怀疑地问:"是不是有重要干部受伤了?"

"电报上没有说明。"尤副部长说。

白大夫在屋子里踱着方步,走了几圈,坐下来,又问:"是不是聂将军不舒服? 要我即刻回去。"

"你先回去一趟,"童翻译建议道,"把聂将军的急事办完了,再回来。"

白大夫一个劲在搔着自己头发,他的头上前面一大块已经拔顶,光秃秃了。他急着说:"我当然服从组织调动,一定回去,可是我明天还有事呢。"

"有什么事? 我可以给你做。"尤副部长说。

"你?"白大夫望了他一眼。

白大夫静静地坐在童翻译对面,闭着嘴,一句话也不说,足有两支烟的工夫,然后坚决地说:"好吧,明天六点钟动身,连夜赶到。"

白大夫看看这几天准备的计划已完全给这个电报打破,不可能实现了。他说:"看样子,是不同意我去北平,我把要买的药、羊肠线、麻醉药、手术器械……都写好了一张单子,准备带去买。不去,没有药品和手术器械怎么行呢? ……"

"你可以把单子交给军区去办,军区最近有关系,可以从敌占区买东西回来。"尤副部长说。

"但是我去有很多方便,北平我有不少熟人哩。我可以选择,我可以募捐。我一回去,什么都完哪。"

"这些事我们可以做,买药品器械,需要多少钱,我可以批。"尤副部长补充道。

白大夫从黑纹皮皮包里清理出一张购买药品和器械的单子，望着单子直摇头，在童翻译面前晃了晃，说："哎，你看，我什么都准备好了，现在只好交给尤副部长去办了。"

天才蒙蒙亮，白大夫便起来了。草草收拾一下，一会儿工夫，便准备停当，站在村口，看手上的夜光表已经五点五十分，童翻译他们还在村里没动身，便叫邵一平去催。邵一平一口气跑到童翻译面前，说："白大夫在村口催呢，快走吧。"

童翻译帮助招呼了一下，便和邵一平前来。白大夫跨上了马，对童翻译说："我们先走吧。"

白大夫两腿夹紧马肚子，抖一抖缰绳，棕红色的骏马便放开四蹄，奔跑开了，一阵风似的，在村边沙滩上急驰而去。

童翻译知道白大夫并不认识道路，他一个人先走，会走错路的。他来不及等候村里的人了，匆匆对邵一平说："你快去催他们，我们先走，慢慢等你们。"

童翻译纵身上马，连加了两鞭子，才气咻咻地赶上白大夫，他说，"清早跑马真是一件愉快的事。"

"是的，在加拿大的时候，我常常喜欢骑马到野外去散步。"

邵一平他们赶上来，一同向军区走去。

三天后，他们到了军区司令部所在地——焦塘庄。白大夫、尤副部长和童翻译进去找聂司令员，不在。一科参谋说："聂将军在开会。"

"在什么地方开会？"尤副部长问，"你打电话联系一下。"

"你等一等，"一科参谋不慌不忙，走去摇电话，他对着听筒里讲，"要三〇九接电话……喂，你是三〇九吗？……白大夫、尤副部长和童翻译他们回来了，要见你……嗯，嗯，好的……叫他们马上来……好……"

一科参谋挂上电话，对尤副部长说："聂司令员请你们马上去，他们在苍蝇沟开会。"

苍蝇沟正举行全军区的高级干部会议。白大夫在会上讲了话，表示中、加人民团结起来打倒法西斯的愿望。会后，出乎他的意料之外，他得到聂将军的同意：他可以组织一个医疗队到冀中平原去。他把山岳地带的医疗工作建立了差不多，好久就想去平原，没有得到聂将军的同意，现在才答应他。他高兴得像个小孩子似的，在地上跳了起来。

他把尤副部长拉出来，告诉他这个好消息，兴奋地向他要求："我要尽量轻装，我知道平原上的战争是频繁的、残酷的，但是我必需的药品和手术器械，希望你允许我带去。"

"可以。"

"我们明天到后方医院去准备一下，"白大夫一想，他改口道，"不，还是今天就去吧。"

"今天去也走不了多远了。"

"不，总可以走三四十里地，早一点准备，可以早一点到平原上去。"

白大夫这时的思想已经飞到平原上去了，他幻想着平原上的一切景象。走在路上，一个劲地问童翻译——"平原上的医疗设备怎么样？""伤病员在什么地方？""药品是不是也缺乏？"……一连串的问题童翻译都答不上来，白大夫更加着急地要快去平原。

到了后方医院，他已想好了要带什么人，白大夫向尤副部长提出巡视平原所需要的精练干部的名单：

军区卫生部副部长尤思华

医务科科长凌亮风

九旅卫生主任方国桢

医生王道剑

白大夫把单子交给军区尤副部长，解释这一次到冀中去，还得要他和凌科长的理由，因为那边手术多，非要他们去不行。随后他指着九旅卫生主任方国桢的名字说："我希望你打电报把他从九旅调来，要他明天赶到。他是一个苦学的人，这一次我带他去，给他一个学习的机会。"

"不必打电报，他正好在这儿，我刚才知道，他前天来军区接洽药品的事，还没走呢。"

"那好极了。"白大夫拍拍尤副部长的肩膀说，"我还希望你帮我一个忙……"

"什么？当然可以。"

"到平原去，你知道一切要轻装，不能多带东西，但必需的东西要带，我需要找一个木匠和洋铁匠做两个轻便的医疗箱带走。"

"你和我一块儿到总务科去，这个问题很容易，马上可以解决。"

他们两个人向总务科走去。

六

月黑夜。

烟似的夜雾悄悄地落着。

站在山坡坡上向下望去，平原遮盖在雾的海里，迷迷蒙蒙的。寒冷潮湿的风，在平原上呼哨着，树的枝叶给吹得发出沙沙的音响。

一支轻便的部队，有百把人的样子，像一条黑色的河流，从山坡上沙沙地流下来，投入平原的海洋里，在一片迷蒙里，静静地流着。

埋在夜雾里的村落，睡着了似的，一点声音也没有。村里远远闪出几点灯火，像雾海里的灯塔似的，指示着行人的方向。这支部队从村当中穿过，从街窗里射出的灯光，照着他们走去。前面有一个小鬼，手里拿着一个小三角旗，红底黑字，上面写着五个大字：

东 征 医 疗 队

加美医疗队已从步兵变为骑兵，成为一支小小的东征医疗骑兵队。在他们前面走的，是一连步兵，今天晚上他们要把东征医疗队护送到平汉路东去。

在村里没有停留，也没惊动村里的人，悄悄地走去。

在护送部队的后面，有两匹马平行地走着，那上面坐着白大夫和童翻译。白大夫嘴上叼着一只烟斗，远远便可以看到他烟斗里闪烁着星星一样的火光。蒙蒙的雾，细雨一样地落在他们的脸上、身上，军衣有点湿了。在雾里走着，他们两人都没注意这个，精神集中在谈话上，童翻译小声地说："你和你的夫人离婚很久了吧？"

"嗯。"

"你还想结婚吗？"

"我何尝不想有一个女孩子在我旁边，可是还不是时候。在中国很少有好的外国女子，中国女孩子倒是不错，可是我不愿意和她们结婚。"

"为什么呢？"

"我总觉得一个外国人和中国人的生活方式是不同的，我不愿因为我的生活习惯，使中国女孩子的生活遭受到痛苦，所以我还不能下这个决心。"白大夫吸了口烟，提提精神。

"夫妇间的生活，倒的确是需要协调与和谐，不然双方都会感到不愉快的。"

先头部队又走到一个小村落，队伍休息下来。前面有人传过命令来："向后传，不准抽烟，不要有声音。"

白大夫他们也走进了村，童翻译听到这个命令，请示尤副部长。童翻译知道白大夫是不能够离开烟的，可是部队上下了命令，军事上要求是不能吸烟的。尤副部长决定要告诉白大夫，为了军事上的要求，执行命令，任何人不能例外。童翻译走过去，指着白大夫的烟斗，还没有说出话来，白大夫就问他什么事，童翻译委婉地说："部队上不准吸烟了，大概快过封锁线了，我在考虑你的烟怎么办呢？"

"这没有什么考虑，既然是部队上的命令，只有服从，不抽好了。"他马上摘下嘴上的烟斗，把一锅还没抽完的烟倒了，烟灰的余火在地上发着光，他过去用脚把它踩熄了。

童翻译接着告诉白大夫，部队还不准讲话，不准有声音。"好，我们停止谈话。"他制止童翻译说下去。

童翻译笑了,告诉他不是现在不要讲话,是出了村不要有声音。白大夫顿时想到他那匹棕红色的骏马来了。要是它走到封锁线上,忽然叫了起来,怎么办呢?他走过去,从医疗箱里取出一大堆棉花球,塞进马嘴里,外边用布扣紧了。马一点办法也没有,吞吗?吞不下。吐呢?吐不出。要尽情长嘶,更没有这个可能了。

大家见白大夫给马嘴里塞了棉花,便各自想出办法来对自己骑的牲口做了必要的准备。方主任是把料袋挂在马嘴上,跑的时候,马是不会吃的,等它要叫的时候,把料袋一紧,贴近嘴边,它就会吃,顾不上叫了。

在村子里休息了一会儿,又走了。

一出村子,步子顿时快了起来。在平坦的泥土的大道上,一个紧

跟着一个，步调均匀地一起一落，嚓嚓地走去。

在平原密布的据点中，他们穿行着。

忽然前面传过话来："向后传，不要掉队，快过封锁线了！"

大家顿时紧张起来。白大夫两腿紧夹着马，手里紧抓着缰绳，准备随时把马放开，叫它飞速地跑去。步行的人，检查一下背包，摸一摸绑腿带，看是不是松了。然后无声地大踏步走去。

白大夫透过眼镜，注视着前面，他想看一看中国北部的日军封锁线。队伍从一个大村落穿出去，前面是一片没遮拦的平原地，只有几棵杨树疏疏落落地散布在大道边上。

走着，走着，刚好走到那几棵杨树面前的时候，只看见前面有一个包着白头布的黑影子飞似的向队伍跑来，附着前面队长的耳朵嘀咕了几句，前面马上便传过来："蹲下来，不要走，不要讲话。"

白大夫迅速地下了马，和大家一块儿蹲在树下。顿时，都静下来，一丝儿声音也没有，连白大夫那匹棕红色的骏马，也懂事地悄悄地立在白大夫旁边，只是用它的鼻子在擦着白大夫的脊背玩。

　　白大夫以为有什么情况发生了，他注视着前面，一会儿，北面远远传来空隆空隆的声音，声音越来越近，越来越高，接着是一道刺眼的刷亮的灯光，像一条利剑似的，刺进平原上夜色的胸膛。灯光起处，一个黑色的怪物——这是敌人的装甲查道车，空隆空隆地震撼着大地，转眼便过去了。

　　刚才侦察员就是回来报告有查道车要过去，叫大家等一等再走。

　　大家松了一口气，白大夫站起来，上了马，又向前走去。

　　走了没有五里地，白大夫忽然看见一条雪亮的光带，像一条无穷长的长蛇似的，横在面前。再向前一看：原来是平汉路的铁轨。

　　路口上站着两个哨兵，他们监视着三里外敌人的据点。这个连的指导员，就站在他们的旁边。路口两边，约有四五十米远近的地方，各有一班人，带着一挺机枪，在监视着敌人的来路。路旁的电线杆，给风一吹，发出咝咝的金属的音响。

　　当白大夫踏上铁轨的时候，尤副部长走上去告诉他："这就是封锁线。"尤副部长指着南边夜雾中矗起的一座建筑，说："那个是火车站。"

　　白大夫向着他指的方向望去：不到三里路远的地方，果然有一丛房子，黑漆漆的，看不清楚，有一盏半明不暗的灯光，若隐若现地在茫茫夜雾里闪着。白大夫转过身来，看到北边，不远，在平地上隆起一座圆圆的怪物，像工厂里的一个大烟囱似的。白大夫奇怪地注视着。童翻译对他说："那是一个堡垒。"

　　后面的人，从他们身边迅速地走过去。

　　"敌人不出来吗？"白大夫怀疑地问道，"他要是知道我们通过的话。"

"敌人不敢出来，出来怕我们打他。"尤副部长有把握地说，"就是敌人出来，也不要紧。刚才连上指导员给我说过，两边都布置好了，车站附近，我们还有部队监视着敌人哩。"

白大夫点点头，他们一边低谈着，一边随大伙走去。

"这地方，白天是敌人的，晚上就是我们的了。"尤副部长指着铁路两边告诉白大夫。

白大夫想：在敌人这样密集的据点里，他们这一支小小的队伍，如入无人之境，简直是一个奇迹。他置身在这个奇迹里，连声啧啧地惊叹着。

队伍全通过了封锁线，最后，警戒部队收了回来，他们留在东征医疗队的后面走。一过封锁线，前面便接近平原的巩固区了，不会有什么情况，倒是后面要防备敌人的追击哩！

在司令部的客厅里。

白大夫和尤副部长坐在冀中军区吕司令员旁边。白大夫说："吕将军，我来的目的就是要对平原上的伤员有些帮助，也愿意把山地的工作经验和平原的工作经验交流。我这一次，从山地带来了模范医院实习周中的干部，组织了一个小小的医务骑兵队，愿在你帮助之下工作。"

"我代表平原的军民，欢迎你们的帮助。"

"我需要几种材料，吕将军可以帮我忙吗？"

"当然可以。"

"现在平原有多少医院了？"

"三个。"

"在什么地方？"

"一个大的，就在附近，两个小的比较远。"

"有多少伤员？严重的程度怎么样？"

"我们这儿的卫生部，受山里的卫生部领导，尤副部长知道得很清楚。伤员的数字，严重的程度，希望你和卫生部长去谈一谈，他们知道得很具体。"

"我们到医院去方便吗？"

"方便，不过最近一次反'扫荡'，中心医院有不少伤员分散到老百姓家中去了。"尤副部长接上去说。

"在老百姓家中？"白大夫把眉头一皱，转动着眼珠。他心里想，伤员怎么能放在老百姓家里，谁来看护呢？

童翻译看白大夫不吭声，那神情很不愉快，便向吕司令员说道："你最好把伤员在老百姓家里的情形讲一讲给白大夫听。"

"在平原，不如山上，流动性大，不可能有较大的固定医院，我们就分散在老百姓家里……"

白大夫不等他说完，便急着插上来问："谁看护他们？"

"分散在每一家，都编好小组，有医生、看护，每组有固定的看护，一个医生管几个小组。"尤副部长回答道。

"这个……这个……"白大夫迟疑地没说下去，下面的话如果说出来，是："这个怎么行呢？老百姓家里卫生条件那么差，无论如何不能放伤员啊。你们简直太轻视伤员了。"因为他没亲自看到实际情形，不便说下去。他对自己讲："等我去看了以后再给他们提出这一个问题。"他没把下面话说完，就转问："吕将军，你对我们在平原上进行检查治疗计划，有什么意见？"白大夫把事先写好到各个卫生机关去的大概计划递给吕司令员看。

吕司令员补充了一点意见："你和尤副部长写的这个计划很好，这儿有一个野战师，贺师长的部队也在平原上，他们那儿也有些伤员，最近他们还要打一个大仗，如果你愿意去帮助的话，他们一定很欢迎的。"

"当然去，当然去，"白大夫拍拍童翻译的肩膀，耸了耸肩，说，"这消息使我很兴奋，我有机会到平原战场上去，是一件无上愉快的事。"

方主任、凌大夫都站了起来，童翻译以为有什么客人来，或者是有什么事，他走过来问，原来是饭好了，来请大家去吃晚饭。

吕司令员陪着白大夫边谈着，边走进饭厅，后面随着其余的客人。谦逊一番之后，白大夫和吕司令员坐在朝南的上位。

白大夫看见桌子上摆着不少菜，当中有一大盘红烧鱼，白大夫暗暗叫了一声："哦，鱼！"他到了山地以后，半年多没吃到鱼了。

吕司令员给白大夫斟了一杯酒，站起来，对着白大夫，把杯子举在空中："我代表全平原军民欢迎你们！白大夫，尤副部长！"

白大夫和尤副部长他们站起来，给吕司令员碰了一碰杯。

七

五月初，一二〇师师部驻在任丘县的大株村，师的卫生部在师部前面，不到二里地的温家屯。师部正在开干部会议。河间城里集中了两千多敌人，带着钢炮、掷弹筒，向温家屯出发，企图消灭师的主力。下午在齐会村和七一六团接触上了。

太阳逐渐偏西，简直是躲到树梢背后去了，快落山了。

从透过烟雾射出来的混浊模糊的红光中，可以隐隐瞅见村子三面都被敌人包围住了。敌人几次冲锋，全被顶住，敌人于是从村边放起了火，顺着风势，向村里烧去，一排房子跟着一排房子哗啦啦地倒塌了，火势又到处散开去。烟雾笼罩了整个齐会村，弥漫了大平原的天空。烟雾里时不时冒出一条条红腻腻的火舌，借着风势，向村里舔去，更多的房子倒塌下来了。在猛烈的火焰当中，更有敌人的炮弹和子弹，雨点一样地落在村子里。

坚守齐会村一营的指战员全在村子里。李营长看火势越来越猛，便对他身旁的通讯员说："告诉各连首长，把队伍拉上房，严密监视敌人的行动，不要让敌人趁火势攻进村子。叫他们派一部分人把火扑灭，快！"

通讯员飞似的跑去了。

李营长把手里的二十发大金面的盒子，掖在腰间的宽皮带里，顺着墙边的梯子，噔噔地上了屋顶。他拿起挂在胸前的望远镜，向村外看去：只见村南的那座石桥，有敌人的重机枪阵地，这和西北角上那座土地庙旁的炮兵阵地构成交叉火力网，一齐集中在村东落下来，使一营和外边的联系断了。

忽然，东面离村子四五百米的地方，响起了枪声。李营长凝神一听：那枪声是自己人的，增援部队来了。他脸上闪起兴奋的微笑。敌人火力太猛了，增援的部队一时过不来。李营长向村外四周仔细看了一下，他估计旅的主力一定把敌人包围住了。夜里敌人会偷偷退却的，那时上级会命令一营追击敌人。现在的主要任务是，夺取南面那座石桥，消灭那个火力点，这样才能够和包围上来的部队取得配合动作。他默默地想了一下，自言自语地，回答自己什么问题似的说："就是这个办法。"

轰——又是一个炮弹落在村边，接着是一座房子哗啦啦倒塌的震撼着大地的音响。他下了屋顶，顺着墙根所挖通的墙洞钻过去，过了两个院子，便是三连战士住的地方。他和教导员商量了一下，就叫三连连长徐志杰集合全连战士。一会儿，全连战士在一堵砖墙背后集合了。

太阳已落山了，光线慢慢暗下来。

李营长向站在他面前的每一个战士扫了一眼，叫了一声"同志们"之后，他有力地伸出右手指着南方，提高了嗓子说："我们要夺取村南的那座石桥，消灭敌人的火力点，需要一个排去，这是一个最重要的任务，哪一个排去？"

三个排长都举起了手，争着要去。队伍里骚动起来，你一言，我一语，都争着要自己的排去。最后，李营长选了那被称作老虎排的二排去。他接着又说："由一个连级首长带去……"

他的话还没有讲完，马上便有一个年青小伙子，黑黑的长脸，高颧骨，身子虽瘦，然而很结实，腰间挂着一把盒子，从队伍里走了出来，把手举到帽檐，向李营长敬了一个礼，说："报告营长，我去。"

李营长转过脸来一看，是三连连长徐志杰。他点了点头，同意他去，马上简单严肃地命令道："用勇敢迅速的动作，夺取石桥，固守石桥！"

老虎排的战士，旋即在原地放下身上的背包，拔下腰间的刺刀，嚓嚓地插到枪筒上去，站到连队的前面来了。徐连长走过去检查了一下每个人的武器，对李营长行了一个注目礼，向战斗员摆一摆手，大家都提起了枪，悄悄地，敏捷地，跟着他走了出来。

李营长见他们已经通过了一条小巷子，旋即就叫通讯员命令一连重机枪掩护二排攻桥，并且叫机枪连长再带一挺重机枪去附属十一连，加强掩护二排的火力。

村里的火小了，有些地方已完全扑灭。

四面八方的重机枪都响了，咯咯的，像急雨打在洋铁皮上似的。子弹带着一股火光，横直穿梭地射来。徐连长通过用桌子、凳子、木头等堵住的街口，飞一般地跑到村外。房顶上，一连的战斗员看见，连忙加强了火力，向石桥的敌人压去。

石桥下的水向东流去，小河两边是池塘和泥沼，丛生着尺来长的野草。徐连长把大家领到一个洼地那儿，前面是一个四五十米达的广场。要通过这广场，才能到达桥边。徐连长叫大家拔掉手榴弹的保险盖，握紧在手里。他自己也抽出腰间的盒子，拿在手里，低低地对大家说："同志们，就要到桥头了，我们一定要把石桥拿下来。同志们，拼吧！受了伤不要紧，白大夫和尤副部长就在我们后面。"

"真的吗？"一个战士问。

"真的。"

"干吧。"

"白大夫和尤副部长在后面呢！"

徐连长命令大家单个跃进，突过前面的广场去，准备战斗。

炮弹在头顶上，带着一种震撼人们心脏的威胁力量，嗖啊嗖地飞来，噼啪一声，就在空中开了火。一个个通过了广场，当徐连长跃进时，子弹扑哧扑哧地钻入他身旁的泥土里，旋即又暴戾地蹦出来。他就在这密布的弹雨中间，跃过了广场。过了广场，不可能伸直了腰走，也不可能蹲着走，大家全卧倒在地上，一个个滚到河边，悄悄地、飞快地向桥头匍匐前进，肚子在地皮上摩擦出细微的响声来。

一连的重机枪火力，把敌人压得抬不起头来，原先在桥头的敌人都躲到桥下去，不敢露头。滚到河边的二排战斗员，一个个跃近了桥边。当敌人偷偷露出头来了望的时候，战斗员已经接近桥头，跪着，用大轮姿势投弹法，竭力把手榴弹成排地扔过去，连续地在敌人当中爆炸开来。敌人给这猝不及防的奇袭动作所怔住了，军心动摇起来，待他们想把重机枪掉转过来的时候，徐连长两眼通红，叫着震天动地"杀"声，领着老虎排的勇士们扑过来了。就在这当儿，徐连长忽然觉得肚子上，像给谁用劲打了一拳似的，经验告诉他：是带花了。但他马上就忘记了自己带了花，趁着敌人火力间息的一刹那，他兴奋地喊道："冲啊！"

战斗员的手榴弹接连地投进敌人的桥头临时工事里，轰轰地炸开，阵地上扬起一阵阵的尘土，直冲天空。

敌人看徐连长他们直向火网冲来的那个猛劲，吓住了。待徐连长指挥战斗员接近了工事，重机枪已经不叫了，敌人扛着它，连滚带爬地跑了，只有掩护撤退的步兵，不时射来几枪，一会儿也就稀疏下去。

徐连长他们占领了石桥。

猛可地，石桥侧翼，西南坟地方面又响起了枪声。徐连长回过头来一看：是敌人轻机枪阵地，转过来压制桥头。他们都掩护在桥边。徐连长马上下了决心，给大家说："同志们，现在我们要把敌人西南的坟头阵地夺过来，不这样，固守不住桥头……"

"好！"大家说。

"你带一个班固守桥头，"他对王排长说，"我带两个班去夺取坟头阵地……"

王排长看见徐连长腹部那儿，从草绿的军服上，时不时滴下血来，知道他挂花了，但没好直接给他说，只是指着他的腹部讲："连长，你……"

徐连长低头看看，没有发现什么东西的样子，又看了看，然后才恍然大悟似的，按一按腹部，解下左腿上的绑带，把伤部包起来，毫不在乎地说："轻伤，没什么……"他好像身上并没有挂彩似的，兴奋地对两个班的战斗员说，"好，我们去吧。"

西南坟地的机枪阵地，不断地扫射过来。王排长坚决地阻止道："徐连长，这样不行，你挂花了，该退回村子里去，我带两个班去拿下坟头阵地……"

"我，一点轻伤怕什么——一班、二班，跟我走。"他转过来望着王排长嘱咐道，"这是命令，执行吧，你要死守桥头。我们一动，村里的机枪会掩护我们的……"

王排长看着徐连长领着一班、二班，一个个溜下了桥，伏在地上，像一个大爬虫似的，迅速地向前扑。当敌人火力稍微弱下来的时候，他们马上疏散开去，徐连长在战斗员中间，暗暗地做着手势，指挥他们前进。

蓦地重机枪响了，王排长高兴地伸出头来，远远望去，说："好，村里我们的机枪，果然配合上了！"

他看见徐连长他们已接近到坟头，并且蹲起来，拿着手榴弹，准备冲过去，就在这时候，王排长看见徐连长忽然倒在地上，徐连长第二次挂彩了。远远传来徐连长激昂的呼声："同志们，往前冲呀，把阵地拿下来！"

徐连长已经站不起来，他伏在地上有劲地挥动着胳臂，指向敌人的阵地，一边慢慢地还向前爬去。战士刘海平留下来招呼他，一班长说："我们要给连长报仇！"

哗的一声，大家全蜂拥上去了。村里的一连战士，也在李营长的命令之下，配合从侧面冲过来了。夹攻之下，阵地夺过来了，给一连看守着。

石桥方面响起了猛烈的枪声，这是五团的包围部队，以强行军的速度，包围上来了。正在运动着的企图包围齐会的敌人，纷纷转移，有撤退的模样了。

战士刘海平把徐连长背到刚占领的阵地上来，在一棵柏树背后，给他舒适地躺在草地上，几个战士都围了上来，黯然无语地蹲在他旁边。刘海平掏出救急包，给他把腹部的绑带解开——他第二次挂彩也是在腹部，把救急包按在伤口上，鲜血从刘海平的手指缝间流下。徐连长的胸脯剧烈地跳动，他咬紧牙，忍受着腹部一阵阵火烧般的痛楚。他的眼紧闭着，脸色开始苍白起来。

两个战士把他运回村里，旋即放在担架上，向后方的救护站送去。

离前线五里地的温家屯村边，有一座小庙，前面是一片广场，在暗弱的星光之下，可以看见广场上有秩序地放着一排担架，上面躺着刚从前线上抬下来的伤员，低沉的、嘶哑的、颤抖的痛苦叫喊，浮游在广场上。招呼伤员的人，像慈母一样安抚每一个伤员，轻轻地走到伤员面前，低低地告诉他们：快轮到谁动手术的时候了。担架一直排到小庙的门口，里面做好一个手术送出来，外面便立时抬一个进去。

小庙里上下四周都绷上白布，当中垂下来一盏煤汽灯，一股酒精和血腥的气味，从里面飘溢出来。白大夫穿着白手术衣，面前挂着红橡皮围裙，头上戴着一盏小电灯，身上背着电池，他紧张地动着手术。

猛可地，轰的一声，一颗炮弹落在手术室的后面，爆炸开来，震得地都动了，小庙上的瓦片咯咯地响，砰——有一片落在地上，打碎了。

尤副部长对白大夫说："白大夫，这边炮火很激烈，最好能移动一下。"

白大夫摇摇头，不同意："军医离火线越近越好，往后移动，离火线远了，伤员到达的时间也就延长，因此，会增高伤员的死亡率的。伤员越早救护越好，同样一个伤员，早一小时救护，能活；晚一小时救护，他就会死的。"

"这样好了，"尤副部长想了一个办法，"我和凌大夫留在这儿做，你和方主任、童翻译他们到后边五里地那个村子里去做。"

"为什么呢？"白大夫歪过头来，不懂地问。

尤副部长解释道："这样我们可以在前方救护伤员，做初步治疗，重伤可以送到你们那儿去。你们那儿比较安全些。"

白大夫坚持他的意见："我们在前方一道做，不更好吗？"

师卫生部金部长也不放心，他怕白大夫在这样激烈的炮火下工作，发生意外。他同意尤副部长的意见，试探着说："这儿太危险了，白大夫，我看还是……"

"危险？"白大夫抬起头来，望了金部长一眼，恰巧和金部长期望的恳求的眼光碰到一起，白大夫低下头去，把伤员的伤口用碘酒消了毒，一边低语着，"火线下才危险哩，随时都要死人。战士在火线下都不怕危险，尤副部长和你们不怕，我们怕什么危险？"

他又抬起头来，质问地望了金部长一眼。

枪声沉寂了一会儿，大炮和机关枪又在平原上咆哮起来。一颗炮弹落在手术室的侧面，打在小庙后面的墙上，哗啦啦一声，一堵墙倒塌下来了。

白大夫做完了一个手术，放下满是鲜血的弯刀，松了一口气，对金部长说："你去告诉他们，有脑部、胸部、腹部创伤的，不必等登记，马上就来告诉我。"

金部长走出了小庙。广场上一阵阵叫痛的呻吟声从各个担架上传过来。在黑乌乌一片中，有一个穿着白衣的护士，提着一盏马灯，来回地晃着。

刘海平他们抬着徐连长，简直是用跑步向救护站走来，等到看见小庙里透露出来的煤汽灯的光亮，步子才稍微放慢了一点，身上的汗已经流得像雨一样的了。刘海平把担架放在广场上，正想过来打听，那个提着马灯的护士，手里拿着伤员登记簿走过来了。他把伤员姓名、部队番号、伤势都一一登记上，发给伤员一个白布条条，上面写着"第四十二号"，用别针别在徐连长的胸前，叫刘海平把伤员放在广场的左端去等着。

金部长看见新来了伤员，他轻轻地走过去，护士用马灯照着，让他检查伤员，是腹部创伤，便叫刘海平把伤员抬到小庙门口，对刘海平说："你等一等。"

金部长进去告诉白大夫，白大夫立即放下手里的手术，叫金部长赶快把伤员抬进来。徐连长躺在手术台上，脸色已苍白得不像人样，连痛楚的喊声也叫不出来了，嘴里不时吐出游丝一样的呼吸。白大夫给他解开衣服裤子，敏捷地进行检查：是肠间膜的动脉管破裂，大量出血，使得腹间积满了血，裤子粘在肚子上，费了很多时候，才慢慢拉开。但腹部内部的创伤，还不清楚。

白大夫把他腹部从中剖开，取出一截截红腻腻的肠子，透过白金边的眼镜，他仔细地一段段检查，把没有创伤的肠子用盐水纱布包着。检查出创伤是横结肠和降结肠上面有十个穿口和裂罅。检查完了，立即把完好的肠子放入腹内。小庙里静静的，连白大夫沉重的呼吸也屏住，听不见了。方主任的眼光随着白大夫的手转动。白大夫像一个熟练的裁缝似的，用羊肠线把受伤的肠子上的穿口和裂罅一一缝合，他转过脸来对金部长说："准备木板。"

金部长出去拿了两块宽木板进来，靠墙放下。

前线的炮声，已不常听到，只是繁密的机枪声还在叫嚣着。

缝好腹部，他从医疗箱里拿出一套木匠家具，用锯子锯着木板，对站在他旁边的方主任说："一个战地的外科医生，同时要是木匠、缝纫匠、铁匠和理发匠。"他伸出四个手指来说，"有这四匠，才是好的外科医生。"

他几下子把木板锯断，又用刨子刨了刨，一个靠背架马上就做好了。徐连长从手术台上给抬下来，白大夫手里拿着"靠背架"，由童翻译和刘海平他们把徐连长安置在村里卫生所的病房里，然后亲自给他用靠背架靠上。他知道手术后，徐连长呼吸一定很困难，这样靠上，呼吸就容易了。徐连长躺好之后，他对卫生所的刘医生说："一个星期之内，伤员不能吃任何东西，只是用糖盐水给他做点滴灌肠，口渴的时候，可以用水漱漱口。"

他急忙走出病房，又回转头来，嘱咐道："你亲自招呼他，注意病人的变化——不要疏忽。"

他看了徐连长一眼，见他闭着眼睛，静静地躺在靠背架上，才放心回到小庙的手术室去。那儿尤副部长和凌亮风在继续白大夫的工作。白大夫看到尤副部长的手术很快、很好，心里非常高兴。他洗了洗手，又开始和他们一同做手术。他做手术时，心里还是惦记着徐连长，怕有什么变化。一小时后，他和童翻译匆匆到村里卫生所去，卫生所的刘医生端端正正地坐在病人旁边，在注视病人的动静。白大夫把步子放轻，慢慢走到病人面前，压低了嗓子，用着耳语一样的小声问医生："病人经过怎么样？"

"还好，很安静。"

"有什么变化没有？"

"没有。"

"脉搏怎么样？"

"还是很弱，无力。"

"呼吸呢？"

"有点困难……"

白大夫拿着一支洋蜡烛，走到病床旁边，向病人脸上照了照，用手轻轻按着他的胸脯，低下头去听一听，呼吸果然有点困难，不畅，很慢。他一检查，原来是病人躺下来一点，位置不合适，所以困难。他放下洋蜡烛，给他移上了一点，徐连长无力地睁开一下没有光芒的眼睛，旋即又闭上，呼吸比较舒畅起来了。

"有什么变化，马上告诉我。一小时后，我再来看他。糖盐水准备好了没有？"

"准备好了。"

"一小时后给他做。"

白大夫从贺师长那里得到消息，这一次战斗要延长两三天，而且双方伤亡一定很重。白大夫于是把东征医疗队分成两班，军区卫生部副部长尤思华和医务科科长凌亮风是一班，他自己和九旅卫生主任方国桢是一班。宣布以后，白大夫叫尤副部长和凌科长去休息。

尤副部长连忙摇头："不行，应该让我们先做。白大夫去休息。"白大夫说："我们在这儿做不是一样吗？"

"不，白大夫，你太累了，你应该去休息。"

白大夫还是不肯，他对尤副部长说："你们去休息吧，节省时间，好多做手术。"

方主任见尤副部长和白大夫在争论着，他便劝尤副部长说："你们早点回去休息休息吧，我们在这儿做。"

"你在这儿做倒没有关系，多学几个手术，"尤副部长跟他不客气，直率地告诉他，"可是还有白大夫呢。"

方主任这一来不好说了，照他自己打算，他是想和白大夫一块儿多学习，但连累白大夫不好休息也是不好的。尤副部长看他那个神情，没说下去，便接上来讲："要么，我和你一块儿做，让白大夫去休息。"

方主任点点头，反正他只想多学做几个手术，谁教他都是一样。童翻译和白大夫谈完了，白大夫坚持叫他回去休息，而且要马上回去，明天早上来接班。尤副部长想再说下去，童翻译暗中指指白大夫，轻轻摇摇手，告诉尤副部长没有这个可能，不要再说了。

白大夫走到手术台前，方主任连忙跑到他的侧面去，童翻译则站在手术台的上头，他已经不仅是一个翻译员，而且学会当一名麻醉师了。做完一个伤员抬出去，金部长又叫人抬上来另一个伤员，一个接着一个。天还没亮，尤副部长就和凌科长走进来了。白大夫把手里的手术做完，他才轻松地换一口气，带着方主任下班休息了。

他们走出救护站，并没有回去休息，而是向村里的卫生所走去，巡视了一下病室，看每一个伤员手术以后的情形好不好；最后白大夫又去看了一次徐连长，回到屋子里躺下来休息的时候，已是中午十二点了。他躺到床上翻来覆去睡不着，虽然眼睛闭着，但是那些血肉模糊的伤员，断胳臂缺腿的景象，时不时在他眼前闪来闪去，痛苦的呻吟仿佛就在他耳边似的，听得很真切而又清晰。许久许久，他才算睡着了。睡了没有一会儿，远方传来一阵轰轰的炮声，把他震醒了，他以为天黑了，又进入激烈的战斗，睁开眼睛一看：满屋子的阳光，手上的夜光表正指着两点半。

他起来了，走到童翻译他们的屋子里，那儿响着像雷一样的鼾声，童翻译和方主任正睡得很熟哩。他走到炕前去，拍拍童翻译的肩膀，说："孩子，起来吧。"

童翻译揉着惺忪的睡眼，有点昏昏沉沉的，还没有睡醒，瞪着两只眼睛望他。白大夫精神饱满，双手往上一举，忽然高兴得大叫一声："天亮了，起来吧，孩子们。"

白大夫在想那个小庙里能不能再容纳一张手术台，他想了想，断定一定可以容下，便得意地催促他们："快走，孩子们，伤员在等我们呢！"

"不是尤副部长他们在做？"方主任不解地问。

"跟我来就对了。"

白大夫他们走进救护站里，使尤副部长、凌科长吃了一惊，尤副部长问："你怎么回来了？"

"我休息好了。"

"不，我知道你才休息两小时，你需要再休息，我们这一班还没做完，你们到晚上再来换班。"

"我知道这个。"

"请你再回去休息……"尤副部长和他商量。

白大夫指着小庙外面放着那一大排的担架，焦急地说："伤员这么多，这样痛苦，我们休息是不应该的，要把手术做完，我才能好好休息。我一想到八路军在火线上那样英勇作战，受了伤还不肯下火线，我身上就生长出一种力量，想多做一点工作。现在叫我休息，我也不能好好休息的。"

"我们不是在做着吗？"凌科长诧异地说。

白大夫转过脸来对方主任说："你去催他们一下，叫他们快点送来。"方主任走出去，白大夫又对凌科长说："我知道你们在做着手术，而且做得很好，你的技术比从前进步了。现在我派人添一个手术台，同时做，不是更快吗？"

凌科长和尤副部长无话可说，回到手术台前。一会儿另一张手术台和原先那张手术台平行地放好了。白大夫叫方主任出去把重伤的伤员找来先做，方主任出去叫了一个左胸步枪伤的伤员来了。他单独给这个伤员动手术。白大夫怕他做不来，悄悄走到他侧后看他，要是有什么不妥当，或者发生意外，好帮助他。白大夫看了一下夜光表，好计算时间。方主任低头审视着伤口，竟没注意到旁边有人看他。白大夫望着方主任把伤员的伤口洗净，剪除腐肉，通过头上的反光镜，隐隐看出一个黑色的小圆物体，卡在第三根与第四根的肋骨之间。方主任很细心地从肌肉的窟窿当中，把夹子放进去，巧妙而又敏捷地把子弹头夹了出来。方主任像打了一个胜仗，把敌人俘虏过来，脸上露出微微的笑容。他把子弹头放在脓盘里，用小镊子夹了一块药水纱布，塞进伤口，另外把 Bipp 涂到贴布上去，盖住伤口，包扎起来。伤员抬了出去。方主任紧张的心情才松下来。白大夫看一看夜光表，从手术开始到完成，整个过程不到十二分钟，他忍不住欢喜，走上去，双手把方主任抱在怀里，说："孩子，你的技术使我吃惊……"

"做错了吗？"方主任吓了一跳。

"没有，"白大夫微笑着说，"你做得很好，我是说你的技术进步得使我吃惊。你简直抵得上一个医科学校毕业出来的学生。"

白大夫对方主任伸出手去，翘起了大拇指，说："孩子，好！"

凌科长和尤副部长听见白大夫赞美方主任，都歪过头来瞧，尤副部长还插了一句嘴："方主任可用功呢，一有空就到手术室去，自己不做，也看别人做……"

白大夫一面吩咐再抬进一个伤员来，一面对尤副部长说："是的，我也听说了。"

尤副部长连忙把眼光移到伤员的伤口上。两班同时进行着手术。

沉寂了半天的战场，随着黄昏的到来，前方的枪声又像鞭炮一样地响起来了。小庙里又点上那盏煤汽灯，亮堂堂的。尤副部长和凌科长恋恋不舍地还在做下去，被白大夫催了两次，结束了手上的那个手术，多做了两个多钟点才下班休息。白大夫和方主任他们，继续做下去，另外一张手术台空下来了。

做到半夜，白大夫的身体实在支持不住，眼前不时发黑，看见一阵阵金黄的星光在闪烁，拿着锯子的手也显得无力。虽然，一想到伤员，精神便来了；但这精神终于抵制不住过度的疲劳，像大海里的泡沫似的，刚起来，便又消逝了。

白大夫若无其事地用钳子去取子弹，那个伤员怯痛地摆动着。白大夫一对可怕的眼光，从伤口处移动过来，对着正在给伤员上麻醉药的童翻译，不满地盯着他的面孔，蓦地发出暴躁的叫喊："童，你在干什么？"

正在注视着病人呼吸的童翻译，感到这句话问得怪，从语气里知道白大夫很不满意，但这种无由来的不满意，连他这样熟悉白大夫的，也觉得莫名其妙了，反问道："不是在上麻醉吗？"

"伤员动了，你知道吗？"

"知道。"

"动了，麻醉药会到伤员肺里去的，懂吗？"

"懂的。"

"为什么不按紧了？"

童翻译按着他的指示，按紧了。

"不对。"

童翻译的手稍微松了一点，伤员又动了。

"不对！做了几个月了，怎么这个还不会？"

童翻译的两只手稍微按紧一点，伤员不动了。

这个伤员手术做完，村子里鸡已叫过三遍，天快要亮了。童翻译冒着深夜的寒风，抽空去把尤副部长他们拉了起来，又好气又好笑地说："白大夫太疲倦了，看什么事也不顺眼，老是对人发脾气，你们快去换换他，好让他休息。"

童翻译回到自己屋子里，心里有点不舒服。一会儿白大夫修长的身子走进来了，见了面劈口就说：

"孩子，不要怪我，我实在太疲劳了。刚才我脾气不好，请原谅我。"

童翻译想起刚才白大夫对他发脾气的神情。白大夫继续说下去："你也疲劳了，孩子，有两天没好好睡觉了，你需要休息。"

童翻译站了起来，心里冷静下来，劝他："你也要好好休息。"

白大夫点点头，说："我接受你的意见，我去休息。"

沉浸在浓黑的深夜里的屋子，窗户上的麻纸已泛上了淡淡的白光。白大夫走回他自己的屋子。

第三天清晨，前线的战斗结束了，消灭了五百多个敌人，自己也有二百八十多个伤亡。快十一点的时候，金部长带着贺师长送来的胜利品（日本佐官一级薄薄的草绿色的呢子军大衣，鹅黄色的绒毡子，崭新的深红色的皮马鞍子，和日本罐头，三炮台香烟等吃的东西）来看白大夫了。

白大夫像一个小孩子似的喜欢，把大正十一年的鹅黄色的绒毡子铺在自己的床上，又把草绿色的呢子军大衣穿在身上试了试，摸着下颏的胡须对童翻译笑着说："童，你看，我这样像一个日本军官吗？"

童翻译看那件呢子军大衣吊在他膝盖上面，和他这副高大身体极不适合，有点不伦不类，忍不住笑道："一点也不像，日本哪有你这么高的，你看这个！"童翻译指着他膝盖上面的大衣边给他看。

白大夫弯下腰来一看，自己也忍不住笑了，他脱下来，说："这是从东方法西斯匪徒手里缴获下来的胜利品，很有意义的，我将来要带回美国去。"他手里提着这件大衣，晃了晃，忽然发现了大衣上那顶帽子，他马上用剪子把它剪下来，给童翻译说："我那几本社会科学的书和小说，有地方放了，你看，改做一下，多么漂亮的书袋！"

金部长接过来，说："白大夫，我给你叫人在洋机子上打一下好了。"

"谢谢你，要长方形的。"白大夫用红铅笔在上面画了一个样子，低下头来看见皮鞍子，他拿给童翻译，"童，这个我转送给你，你那个马鞍子应该退伍了。"

"白大夫，贺师长派通讯员送胜利品来的时候，还请你到战场上去看看。"

"这太好了。"

童翻译把新马鞍子换上，三个人骑上马，向战场上走去。

齐会村埋在一片烟雾沉沉里。由于炮弹和枪弹射击，扬起的尘土，弥漫在平原的上空，四周混混沌沌的，什么也看不清楚。一股火药和死伤人身上发出来的血腥的气味，在各处荡漾着。走到前面去，尘土淡了一点，若隐若现地露出一片稀有的绿色，这是齐会村边的一排绿茵茵的柳树。大地像经过了一场恶斗之后的壮汉，精疲力尽地

躺在那儿,静静地休息了。

没有狗吠,没有鸡叫,没有人声,仿佛大地上所有的声音,都在刚才战斗中发完了似的,现在全成了哑子。

战场已经打扫得差不多了,现在只有部队上的一名民运干事,在那儿走来走去,指挥老百姓搬运胜利品:子弹、步枪、罐头、汽水、饼干……

一排绿树下面是一个死水池,池子旁边躺着五匹洋马。那个民运干事,一个二十多岁的本地青年,走上来对金部长、白大夫他们说:"这个死水池子前面的平地,是敌人的炮兵阵地,很多敌人集结在这儿,我们曾经向这个方向突击,一阵手榴弹,敌人死了几十个。可是战斗最激烈的地方,是那儿,"那个青年指着一二里地外的壕沟说,"在那线上,敌人有坚强的工事,就在这儿,七一六团的徐连长占领了那个石桥，截断了敌人的增援部队，我们的主力出击，对敌人壕沟里的主力强袭，一枪也没放，全用手榴弹和大刀，一家伙冲上去。金部长，就在那个壕沟里消灭了靠一百的敌人！"

这青年讲得眉飞色舞，白大夫听童翻译给他讲，也慢慢入神了。民运干事想起了徐连长，问白大夫看见这个伤员没有。

白大夫点头，说是看见了。

"他的伤不重吧？"军队里忌讳说死的，伤不重的意思就是性命没有关系吧？

"伤很重，但是不要紧，危险期快过去了。"

他们一同向村子里走去，在一片打麦场上，那儿停放着几列大车，上面堆满了敌人的尸体。场子上还有数十具尸首等大车来装，有的还好好地戴着钢盔；有的头已不知去向；有的腹部已经炸开了，但是上身还很完整，红色的金边肩章在强烈的阳光下照耀着。这些尸体都如同蜡人一般，静静地躺在那儿。

童翻译在尸体当中走来走去，他像进了蜡人陈列馆似的，看了一会儿，他忽然奇怪起来了，他从小一听到人讲到死和鬼就会毛骨悚然，现在面对着这些尸体，竟然一点恐惧的感觉也没有，而且很兴奋地在注视每一个尸体的具体情形，暗暗计算着尸体的数目。他把这个奇异的变化告诉了白大夫。白大夫思索了一下说："我们对法西斯匪徒应该这样的，不要怕，有什么好怕的？这些法西斯活着才真的可怕呢，多死一个好一个。我们应该对同志们说，"他转脸来望着青年民运干事，"再多打几个这样的胜仗，越多越好！"

青年点头而笑，仿佛他接受了这个任务。白大夫取出一把小刀，这小刀是上次世界大战在欧洲战场上买的，跟他将近二十五年，他用这小刀割下一个尸体上的少尉阶级的领章和肩章，收藏在口袋里。他们走出打麦场，白大夫拍拍金部长的肩膀，说："在这几天当中，我们能把英勇的指战员的手术做完，这是我一生中最愉快的事。现在，我们又亲眼看到法西斯的尸体，我好像得到无上的安慰，你们觉得吗？"

"我和你有同样的感觉。"

青年从旁接上来说："部队里听说这次你们好几夜没睡觉，都很兴奋，白大夫，这次，你们太辛苦了。"

"辛苦吗？不。你们还不是一样的，不，比我们更辛苦。你们的成绩，就是打麦场上的数百具尸体，我们的成绩是已经躺到床上的很舒适的伤员。"

一股喜悦的情绪在白大夫心里荡漾着。

八

　　白大夫从箱子里拿出一罐荷兰纯牛乳，和一小罐美国咖啡粉，把牛乳打开，倒在镍制的缸子里，掺了大半的水，又把一个白面馍切成薄薄的小片，他把这些东西放在托盘上，和童翻译一同拿到厨房里来了。一进厨房，炊事员老张放下他那杆长烟袋，搓搓他那满是油腥气味的手，伸过来要接白大夫手里的托盘，想拿过去做，白大夫马上摇摇手："不要你做，这不是我吃的东西，这是病人吃的，你不能做……"白大夫捏紧盘子，生怕他抢去似的。

　　"我不会做，白大夫，你教我做好了。"

　　白大夫用手一指："你站在锅子旁边看好了。"

　　老张只好站在旁边愣着。他用灰布军服的下摆不自然地擦一擦那双油手，想动手来做，看到白大夫什么都准备好了，把缸子放到火上去，他无从插手，于是加了两根木柴上去，低下头来去吹火。

　　白大夫却把放进去的两根木柴抽了出来，告诉他够了，不用大火。他东张西望，想找一点什么事来做，可是无事可做，童翻译告诉他白大夫要做，就让白大夫做好了。老张没法，只是一会儿望着那个镍制缸子，一会儿望着白大夫。

　　忽然，金部长好像有什么重要的事情，一头钻进伙房来了，涨红着脸，劈口就说："嗐，你原来在这儿，我找你好半天都没找到。"

"我一天要在这儿四次……"

金部长说："你一连做了三天三夜的手术，也没好好休息，你看，你的眼睛还红着哩。现在每天要查病房，怎么连伤员的饭也要你自己动手做呢。"

"不，这是我的工作。你知道，战士在前线上，比我们这些人更辛苦哩。我听到刘海平同志说徐连长的故事，简直叫我兴奋得睡不着。徐连长腹部受了重伤不下火线，带领战士占领了石桥不算，并且又继续前进，争夺坟头阵地；第二次受伤了，仍然坚持在火线上指挥。我们这些人和徐连长他们的英雄行为一比，算得什么？我们做点事，又算得什么？"

"伤员的饭，嫌伙房做不好，你教老张做好了。"

"他不会。"

"那么，我每天来做。"

"你吗？"白大夫看了他一眼，然后摇摇头，说，"不行。这个伤员不是你动手术的，不是你的病人，你不清楚。我熟悉他，我做比较恰当。"

火上来了，白大夫放了四勺子白糖到缸子里去，一会儿便煮开了，冒上一层层的白沫，刚要喷到缸子口的时候，白大夫把它拿下来了，一边说："药物在一定程度上才有用，理学疗法和食饵疗法配合好，护理好，伤病员就能很快地恢复健康，这是最主要最主要的。徐连长的伤是很重很重的，护理不好，随时都有生命的危险，食饵疗法对他尤其重要。这关系一个战士的性命，不是儿戏的。你知道，在欧洲一般腹部创伤的死亡率，都在百分之八十以上，我们这次只有百分之二十的死亡率，这是惊人的成就，但是还得小心。你说，金部长，我怎能够放心让别人做东西给他吃？不清楚他的病历，吃错了，谁负责？"

"我是关心你的身体健康——"

"我的健康固然重要，但更重要的是伤员，是病人。"

他们走出了伙房。

"是的，是的。"金部长走到白大夫寝室门前，想起有话还没有对白大夫讲呢，便说道，"白大夫，我刚才来找你，要告诉你一件事……"

"什么事？"

"今天晚上有行动，转移到××村，东征医疗队要准备一下，还有伤病员，行动不方便，需要留下来，交给地方上……"

"伤病员留下来？谁的决定？"

"没有决定，特地来给你商量。"

"我的意见，伤病员带着走。"

"这许多伤病员怎么带着走呢？"

白大夫想了一下，也觉得伤员太多，便说："一部分轻伤号可以留下，重伤的不行，一定要跟着走。"

"重伤号怎么能跟着走呢？"

"用担架抬。"

"那会妨碍部队行动的，多了怕不行，白大夫，你以为有多少必须跟着走呢？"

白大夫低下头来，用右手的中指轻轻敲着额角，说："徐连长、刘班长、胡国祥、赵士标……这十二个人无论如何要带着走。"

"好，多了不行，我叫他们动员担架去。"

邵一平端着做好的牛乳咖啡，白大夫自己拿着贺师长送给他的梨子和香烟，两个一同向卫生所走去。走进徐连长的病房，白大夫把牛乳倒在杯子里，把两片烤得嫩黄的馍片放在徐连长手里。白大夫就在他的床前，看他吃。一股喜悦的激流在白大夫的心里冲击着，他就好像自己大病以后再吃东西一样，贪馋地望着牛乳和馍片，脸上浮着微笑，情不自禁地对邵一平说："小鬼，今天徐连长的精神更好了些啊。"

"好多了。"邵一平像个大人似的，一本正经地说。

"这样下来，很快就会复元了，哈哈。"白大夫简直是放声大笑起来。

徐连长的食欲很强，一会儿，便吃完了，还想吃。可是白大夫对他的饮食，每顿是有定量的，不允许他再多吃一点，怕影响肠子。告诉他三个钟点以后再吃。白大夫拿过一个梨子来，用刀把皮削掉，切了几片放在他手里。看他一片片吃完，旋即又抽出一支烟来，送到徐连长面前……徐连长像一个躺在摇篮里的婴儿似的，在接受慈母的照拂。但徐连长毕竟是大人啊，而且他在连里是首长，照应惯了士兵的，自从到手术室后，就在白大夫母性的慈爱里生活，心里一面是感激，一面又是难受。他看到白大夫要送烟卷过来，要起来去接，立刻被白大夫阻止住了："孩子，你不能动。"

他只好又躺到靠背架上。白大夫把香烟放在他嘴里，给他点火，看他抽。一口一口乳白色的烟，从他嘴里吐出来，轻盈地飘浮在屋里，慢慢消逝在室外静悄悄的院子里。天空是蓝湛湛的，午后的阳光，透过院子里榆树繁密的枝叶的空隙，和蔼地抚摸着徐连长病房里干燥的土地。

白大夫看徐连长一天一天地好起来，能吃，能说，能笑，心里感到无限的愉快和安慰，一个劲地直盯着徐连长，不知道说什么来表现他欢喜的心情。突然，他伸出大拇指，在徐连长面前一晃，高声叫道："你是我们英勇的战士！你是我们的榜样！"

他走过去，一把抓住徐连长的右手，无言地握着，许久许久，一直到两个人的手都热得透出汗来。

夜间，天空满布着密密杂杂的繁星，大平原上村落里的灯光都逐渐地熄灭了。师部开始转移，在后梯队中间的是师卫生部。白大夫、尤副部长和金部长他们走在前面，后面是十二副重伤员的担架，徐连长睡在前面第一副担架上。方主任被委派负责带领担架队。他的任务是指挥、看护、照应每一个伤员，给伤员喝水，注意每一个伤员伤口的变化，以便报告白大夫。

一到宿营地，白大夫第一件事，就是检查每一个伤员，换药，吃药。每个伤员的名字和病况，他记得清清楚楚的。第二天行军以前，他再检查一次，他认为病况没有问题，才允许留在当地休养，否则一律要跟着他的身后走。行军两天，只答应留下两个人，弄得行军时卫生部老是掉队，总要前面的部队等候。这还不要紧，最糟糕的是为了顾及卫生部和跟着走的伤病员，眼见着敌人，不能迅速进行战斗，不能消灭他，让少数敌人溜走了。指战员中间散布着不满的情绪。上级命令金部长把伤不太重的伤员留在地方上休养，担架队要减到最低限度，不要弄得啰里啰嗦，不能作战。金部长去找白大夫，谈起这件事，白大夫从伤员的伤口着想，不赞成把一个重伤员放在老百姓家里。

第二天出发，金部长看看担架还是多，他自己又检查了一遍伤员，觉得两个比较轻伤的可以留下。他请示尤副部长道："尤副部长，这样留是不是适合？"

"怕不适合吧。"方主任提出了异议。

"你看有什么不适合？"尤副部长知道白大夫叫方主任负责担架，他有责任的，便征求他的意见说，"部队要行动，部队还要打仗啊！"

"白大夫知道了，会不满意的。"方主任说。

尤副部长拍拍胸脯，他虽然矮，好像有多重的担子他都可以承受下来似的，说："那么，决定把这两个轻伤号留下。有什么事，我负责好了，不怪你们。"

方主任也只得同意了。留下来的伤员，派了一个护士，带一点药，在老百姓家里住下。这样，只有六副担架了。一副担架多动员了一个夫子，行动快了起来，有了情况也好应付。

走了二十里以后，队伍在大路边上休息下来了。方主任给叫到白大夫那儿去了，问他每一个伤员在路上的情形，问到胡国祥、赵士标的时候，方主任愣着，想了半晌，答不上来，过了一会儿，才说："还好，没有什么……"

"有变化没有？"

"没有。"

"你亲自看了没有？"

"我？"方主任睁着一对眼睛，张着嘴。

"嗯，你自己……"

"没有……"

白大夫不再问下去，迈开步子，向后面走去，到了那儿，一看只有六副担架。他的脸色立刻变了，仔细一检查，果然他刚才问的胡国祥、赵士标这两个伤员不见了。

方主任把这情形先告诉童翻译，叫他想办法。童翻译到处找金部长，最后才在邵一平这小鬼那儿打听出来，他看见金部长和尤副部长到前面和首长谈话去了。真的，金部长在和师首长商谈今天卫生部的宿营位置。童翻译跑过去，把刚才的情形对他说了一遍，一把把尤副部长和金部长拉来。白大夫还在行列中找金部长，童翻译远远招呼道："白大夫，在这里。"

白大夫不满地问金部长："还有两个病人呢？"

"留在出发的那个村子了。"

"谁的命令？"

尤副部长走到白大夫面前说："这同金部长、方主任没有关系，是我要留下来的，是我的命令。"

"是你？"白大夫料想不到是尤副部长，他口气缓和了一点，问道，"你知不知道他们两个人的病况？"

"知道。"

"他们两个人还不到留下来休养的时候……"

尤副部长严肃地说："为了军事上的需要，前天上级就有命令来，要我们把伤病员留下，不能老是跟着队伍走，会妨碍打仗的，并且已经妨碍了不止一次。我们的行动，要服从战争需要，不能因为少数人影响了全局。"

"我没有签字，怎么就留下了？"

"因为时间太匆促，没来得及请你签字，我签的字。"

一个步兵通讯员，背着一条从齐会战斗中缴获来的日本三八式步枪，走到金部长面前敬了一个礼，说："报告，前卫部队已开始行动，叫卫生部准备，注意联络。"

白大夫看见前面部队已经行动，便说："你是军区卫生部的首长，我尊重你的意见，执行你的命令。"

蹲在大道两旁休息的人，背上背包，拍拍身上的泥土，夫子收拾着担架，紧一紧担架四角的绳子，把旱烟袋掖在腰里，准备走了。

徐连长的饮食，如果按照他的食欲要求，简直可以恢复正常了。但是白大夫还是叫他少吃，宁可每天多吃几顿，每顿的数量不能多。

上午，白大夫给他检查了腹部伤口，已经没有问题，他通知金部长：徐连长可以送到后方休养了。

徐连长准备好，走到白大夫面前来。

白大夫拍拍徐连长的肩膀，对他说："你到后方把身体养好，回到连队上去消灭人类的死敌——法西斯匪徒。"

徐连长感激地望着白大夫："好，我到后方去。白大夫，我没有什么报答你的，我以后到前方来，只有多杀死几个敌人来报答你。"

徐连长说完话，白大夫两只手按着他的两肩，几乎是把他拥抱在自己的怀里，说："这是我应尽的责任，不要感谢，也不要报答，大家都是同志，都是做革命工作。我把你救活了，就等于救活我自己一样的快活。到后方去，好好休养一个时期，回到前线来，消灭法西斯匪徒，把日本鬼子打出中国去。"他望望天，说，"天不早了，你去吧。"

徐连长撒开手，慢慢走去，走了没两步，站下来，但没说什么话，只是感激地望着白大夫。白大夫向他招招手："再见，我祝福你早日恢复健康。"

九

　　白大夫在金部长屋子里坐着，正面对着金部长，他握紧两个拳头，放在桌子边上，像要和谁吵架似的，他坚持着要到游击区去看伤病员，表面的理由是：他到平原来每一个卫生单位都去了，这一个也要去，要把那边伤员检查了，才能把平原的医疗工作告一结束。实际上是因为他刚到平原的时候，听吕司令员说有一部分伤病员坚壁在老百姓家里，他老是不放心，想去看看。

　　金部长是考虑到他的安全，耐心地给他解释："我们并不是不希望你去，就是因为这个地方是游击区呀，白大夫，离河间县三十里铺的敌人据点只有二十里地，附近经常有敌人的'清剿'部队来往，去了很危险的……"

　　"那伤病员为什么放在那地方？那儿不是还有医生和看护吗？"

　　"是的。"

　　"他们不怕危险，难道我这个老头子还怕危险吗？"

　　"他们都是换了便衣，平时也不出来的。"

　　"我也可以换上便衣，化装老百姓……"

　　"你化装有什么用，你是外国人。"童翻译说。

　　金部长补充道："我们那儿有医生，如果你不放心，我代表你去一趟好了。"

"我希望到游击区去，我要亲自去看一看伤病员在老百姓家的生活。"

白大夫不经意地说出了本意，态度很坚决，金部长不好再劝他，暂时答应他问一问首长的意见，再确定。白大夫也同意，不过他说，如果首长不同意的话，他还是要亲自去和首长说的。贺师长同意他去，并且命令一旅派两个排掩护他们，遇到小股敌人还可以抵抗一阵。白大夫脱下布军装，和其他人一样换上便衣，他的便衣却是从加拿大穿来的那套灰条子的哔叽西装，戴上了口罩。东征医疗队大部分人员留下来，白大夫、金部长、童翻译和方主任他们几个人去，必需的手术用具和药品全集中在两个驮子上。

披着满天星斗，他们到了游击区的黄村。村里都睡了，金部长进去找到隐蔽在老百姓

家里的负责医生冯子辉，白大夫对大家说辛苦一夜，立刻进行检查，回到后方再好好睡觉，补偿今夜精神的损失。没有一个反对的，这是游击区呀，要快进行才好哩。

冯子辉是个青年医生，本地人，说得一口的河北话，人很机警，脑筋灵活得很，眼睛一转，仿佛就有一个主意。长期的游击区生活，使他也变得很沉静，态度很安详，做起事来不慌不忙。他带着白大夫他们走到村后街东头的一家人家，在黑洞洞的大门上砰砰敲了三下，等了会儿，又敲一下，便在门口等着。等了一会儿，门还没有开，童翻译想上去自己使劲敲门，手举起直想往门上打去，在半空中给冯子辉挡住了。他对童翻译说："这个门不能随便敲，我们有一定暗号，敲错了会惊扰了人，而且门更开不开，这一家院子深一点，马上就会有人来了。"

接着，果然里面有脚步声走来，里面的声音问："谁们？"

"掌柜的。"掌柜的是冯子辉在这儿的代号。

门霍地开了。一进门是一个空阔的大院落，是四合院的房子，西边是一个牲口槽。白大夫他们的两个骡子就拴在那个槽上，一行人穿过正面的堂屋，又是一个四合院，正南面的一排房子里射出煤油灯的灯光，冯子辉走在前面，领白大夫走进去。

白大夫一进门，在他面前出现一个神奇的事实，他惊愕住了。虽然是在煤油的灯光下，房子里周围仍旧可以看得清清楚楚，墙壁粉刷得雪白，屋子里的家具简单而整洁，一张油得嫩黄的桌子和两张椅子，一条大炕上躺着三个伤病员，靠门的炕头那儿有一床被铺得很好，里面还有热气，显然是那个刚起来的护士睡的。伤病员三个床位，保有一尺左右的距离，他们各人虽然是盖着蓝花布面子的被，可是比某分区徐部长管理下的卫生所的被子要干净得多。白大夫很满意地巡视着屋子，他用手擦擦墙，再看看手，很干净，他暗暗称赞。

冯子辉说："这儿是第一班第一组，"他指着站在他旁边刚起身的护士说，"他负责看护这一组的三个伤病员。现在是不是就开始检查？白大夫。"

那个护士从炕下面的一个暗门里，取出了一个白布小包，打开来是换药的简单用具和药品，消毒过的钳子和镊子放在脓盘里，他的眼光落在白大夫身上，等候检查了。

白大夫为这个事实所惊奇，他对自己说，这简直是一个正规医院的病房，可是从医疗人员、伤病员的服装和屋子的外表看，又明明是老百姓的家庭。在离敌人十多里的地方，有这样设备，是一个巧妙的有机的结合。先前他不信任部队上把伤员放在老百姓家里会护理得好，面对这样世界上的奇迹，他感到自己太主观了，而中国人民的智慧太伟大了。他觉得自己知道的太少，这次到中国来着实学到不少东西，对中国人民和八路军卫生工作人员有了进一步的深刻认识。他神往着这种奇迹，几乎把检查这回事忘掉了。幸亏方主任走到第一个伤员旁边，把伤员负伤的右胳臂拿出来，解开纱布，给白大夫看伤口，说："你看。"

伤口里淤着一层深黄色的脓，白大夫解下口罩，大鼻子对着伤口嗅了嗅，叹息地说："这个伤口太久了，现在已经化脓，要动手术。"

方主任把那个伤口包好。白大夫检查第二个。三个检查完了，他们又到别家去。全村里一共有三十七个伤员，分成三班九个小组，检查到最后一个，天已放亮了。

连续二十多小时的检查、开刀，加上昨天一宿没闭眼，他们太疲劳了，白大夫的眼皮时不时垂下来。天黑不一会儿，白大夫躺到床上，半晌，就发出深沉的鼾声了。童翻译在白大夫正对面，用两块门板临时支了一个铺，打开被子，躺到床上，也闭上眼睛睡了。他想起到游击区一天一夜了，白天白大夫又在村子里走了一趟，他怕走漏了风声，事先得有个准备才好。他一骨碌从床上跳下来，穿好那身农民便衣，首先到冯子辉那儿去。冯子辉就住在隔壁自卫队长家里。他对冯子辉说："今天夜里的岗哨可要小心啊。"

"咱们在游击区工作的人，哪天的岗哨还能不小心，今天不用说，当然特别小心，自卫队长亲自出马，岗哨放出了十里地，你放心睡觉好了。"

"偏劳你了。"

"你们老远来，这事不用说，我应该负责。倒是你们自己要准备一下，这不是根据地，不要脱得光光的，往炕上一躺，睡大觉，那可不沾气。咱们这儿说有情况，就有情况，谁也不知道下一点钟的事。"

"你倒提醒我一件事，咱们那两排人是从根据地来的，游击区情况一定不熟悉。我得去一趟。"

"对，最要紧的是穿着衣服鞋子睡觉，有情况我会通知你们，跟我走，要沉着，保你没一个错。"

"好，就是这么说。"

幸亏冯子辉提醒，童翻译跑到两排人那儿去一看：他们只派了两个哨，警戒三十里铺的方向，另外派了三个游动哨在村子四周游动，其余的人都脱了衣服在家里睡大觉了。童翻译叫醒他们，每个人穿上衣服睡，又加了两个哨到村南边警戒。他回到前院牲口槽那儿，让马夫把鞍子上好，药品器械全上了驮。一切准备停当，童翻译松了一口气，眼睛倦得已睁不开，倒在床上，没有两分钟的工夫，便呼呼地睡熟了。

平原的夜是宁静的，黄村的夜尤其静，白大夫他们住的院子里，静得一丝儿声音也没有，只有偶尔从前院的牲口槽那儿，传来骡子吃草的咔吡咔吡的声音。

"起来，起来，快起来。"

一声急邃的叫喊，在童翻译的床边爆裂开来。童翻译在梦中觉得有一个人拉他的胳臂，他紧张地立时跳起来，睡眼蒙眬，用手背揉一揉眼睛，看见屋子里的灯不知道谁给点着了，站在他面前的是那个年轻医生冯子辉。

童翻译愣了一会儿，稍微清醒了一点，便问："干什么？有情况吗？"

"河间敌人出动了。"

"多远？"

"八里。"

"快叫他们起来，我叫白大夫，……"

冯子辉到前院去叫马夫他们，接着他又去催交通站长。等他知道敌人离村只有四里了，他一个劲奔到童翻译那儿，劈口就说："敌人离村只有四里地，快走！"

白大夫正好穿衣服，一听这消息，衣服也不穿就要走了。冯子辉怕他着了凉，阻止他说："不忙，四里地敌人还得走一会儿，你穿上衣服，我们等你。"

"好。这儿的那些伤员怎么办呢？"

"我们有办法。"

白大夫他们出来，方主任招呼驮子，金部长点了点人数，齐了，就和白大夫同时上了马。走到村口，白大夫听见冯子辉的声音，他在和什么人讲话。走近一看：那儿一字排开三十多副担架，隐隐看见房东老太太站在前面，给李占奎盖紧被子，她领着第一组的三个伤员担架，出了村子，岔入村边的树林里去了。别的组也有人带着，三十多个伤员，一会儿工夫就在村外边四散开去，向着各自坚壁的地方走了。冯子辉在最后边跟着走。白大夫看这样有秩序疏散出去，他惊奇群众这样严密的组织能力，他钦佩八路军卫生工作人员的领导艺术，一切的事安排得那样有计划、有步骤，任何意外的事都好像在他们的意料之中，做得那样有条有理，妥妥帖帖，这是他在世界上任何战地所没有见过的人类的奇迹。而这种奇迹，在华北敌后，到处可以见到，更是惊人的。他放心了。他两个膝盖夹紧马肚，加了一鞭，在子夜的平原上跑开了。他的后面，是东征医疗队的工作人员，和两排掩护部队。走了不到半里地，后面忽然传来了爆豆似的枪声。

十

嗒，嗒，嗒……

一阵急促的响声之后，是一声清脆的铃声，接着又是急促的嗒，嗒，嗒……

白大夫粗大的有着浓密毫毛的手指，迅速地在打字机上动着，打满了一张纸以后，他又卷进一张雪白的打字纸，两只手按着打字机，看了刚才打出的那张结尾处，沉思了一阵；又把他胸袋里的记录本子掏出来，仔细翻阅了一下，没有什么材料遗漏，也没有什么材料引错，才继续打下去。

打完了以后，他实在有点支持不住，脊背上一阵阵酸痛，手指也痛得发红，眼球上网着一层红丝，上眼皮慢慢垂下来，他想躺到床上去舒舒服服地睡个痛快。

养了一会儿神，睁开眼睛看到桌子上的那两大摞打好的稿纸，他霍地站了起来，自言自语地说："睡神又来抗乱我的工作！"

从贺师长在齐会战斗时送给他的三炮台烟盒中，白大夫抽出一支烟来，悠然地抽着，嘴里吐出乳白色的烟圈，一个套一个地向上升去，慢慢地扩大，终于消逝在静寂的空中。他的疲劳也像烟一样消逝了。望着打字机旁边打好了的两部原稿，心上得到一种无上的安慰，像作家写完了一部著作的最后一章一样，怀着愉快的心情，把原稿从头一页页地揭过去，揭到最后一页，又从头再翻下去校阅。这是两本关于战地医疗的著作：一本是游击战争中师战地医院组织和技术指南；另一本是模范医院组织法。这是他一年多在战地治疗经验的结晶，也是他七月里从冀中大平原回到冀西山岳地带来两个月的中心工作的成果。他要把这结晶和着他的意见散布到每一个医务工作者中间去。他发现原稿上有几个地方打错了，忙用钢笔把它改正。

白大夫心里感到很轻松。他像一个小孩子似的，摇着身子，晃着脑袋，快乐地说："童，我们该休息一会儿，来煮点咖啡喝。"

他在箱子里拿出从美国带来的咖啡，童翻译生着了火，倒了一些咖啡到壶里煮上，他们两个人对着火坐着。熊熊的煤油的火焰发着蓝色的光芒，旺盛地跳跃着。

白大夫拿起游击战争中师战地医院组织和技术指南原稿，他自己好像又回到辽阔的伟大的平原了。他的右手托着自己的下巴，神往于边区各地充满了奇迹的图景，深思地说："童，中国真是一个迷人的地方。我没有到中国以前，只听到关于古老中国的种种传说，我在欧洲总想到中国来看一看这个可爱的地方。来了以后，才真正了解中国比我想象中的中国要可爱得多了。不说别的，就讲毛泽东同志领导下的八路军这支人民的军队，我就舍不得离开它。我刚来的时候，因为方主任学习的事情，童，你曾说到这个部队是个大的学校，老实讲，当时，我不完全相信。现在，我亲切地了解了。我进过医科大学，并且是皇家学院外科学士会的会员，可是，我真正进大学并且受到有益的教育，是在毛泽东的部队里。"

童翻译笑着点点头："对，我们都是毛泽东同志的学生。"

"我们是这个大学里的同学。"白大夫很严肃地说，"我们首先上的一课是艰苦朴素的作风，我到了延安以后，向北方走，每一个地方，每一个部队，都是这样优良的作风，给我留下很深刻的印象。同志们过着最低的生活，可是充满了战斗的乐观主义精神，努力着最高尚的革命事业。我的生活水准本来相当高的，到了根据地以后，我自动降低了。我懂得八路军的指战员，不是不知道怎样提高生活水平，但是边区老百姓的生活水平低，所以他们不愿意提高生活水平。作为一个共产党员，我也应该如此。"

"你的理解很正确。"

"第二课我是在战地上上的，是英勇牺牲的精神。每一个八路军的指战员都有这种优良的品质，可贵的品质。各地的老百姓也同样有这种优良可贵的品质。更宝贵的是在阶级觉悟的基础上，纯粹出于自觉自愿，没有一丝一毫的强迫性质。每一个战士和老百姓都懂得世界大事，他们的献身精神，为一个政治目的而努力，就是保卫祖国反对法西斯侵略，即使受了重伤，也还在火线上坚持战斗，像徐连长，像许庆成，像李占奎，像千万个如徐连长他们一样的指战员。作为反法西斯战线上的一员，我和中国同志们一道工作，我感到无上的光荣。我一想到中国同志们在火线上的这种英勇牺牲的精神，我什么疲劳都忘了，什么危险都忘了。第三课是中国同志从实际出发，实事求是的科学精神……"

童翻译插上去说："这是毛泽东同志经常教导我们的……"

"是的，这一点对我的教育意义更大。过去，我就知道什么病应该到什么地方去治疗；什么病应该用什么药；什么手术应该用什么手术器具。我认为这是天经地义不可变更的。我有些时候急躁，主要是从这一方面来得多。现在，我发现我是错了。根据毛泽东的学说，应该是有什么武器用什么武器，在什么地方打什么仗，对付不同的敌人用不同的方法，这就是生动的马克思列宁主义。我现在深切地了解为什么八路军在工业落后的地区，拿着最坏的武器，有的甚至是原始的武器，可以打最漂亮的胜仗，用劣势的力量可以战胜优势的敌人的道理。在最困难最紧急的时候，锯木头的锯子就是最好的手术器具。方主任是对的。"

"当然哪。"童翻译说，"他在这个部队里时间久了，受毛泽东同志的教育也比我们多，革命的经验更比我们丰富。"

"在这方面，"白大夫以尊敬的心情点点头，"他是我的老师。"

"但在技术上，你是他的老师。"

"过去你如果这样讲，我不否认；现在，我不敢肯定这样说了。方主任钻研好学的精神使我吃惊，他技术上的进步更使我吃惊，在若干时间以后，我担心够不够资格做他的老师。即使在现在，就革命的锻炼上和技术进步的速度上，我已经不是完全合格的老师了。这儿的卫生工作人员有一个很大很大的特点，就是政治原则性很强。你们不但注意培养卫生工作人员的技术，而且更注意培养卫生工作人员的政治品质。我每到一个新的医院，或者是卫生所，对卫生工作人员表格的政治部分，我特别感兴趣。我们，特别是我个人在这方面重视不够，我的注意多少偏重于技术方面，而忽略了最基本的方面，政治质量方面，党性方面。党性是我们力量的源泉，是我们才能的摇篮。中国共产党在这方面给予了最大的注意，因而各方面的工作人员都有了惊人的卓越的贡献。这是我上的第四课。"

白大夫的脸对着火光，脸上也像火一样发着红光。壶嘴里升起烟似的蒸气，慢慢溢出咖啡的清香，白大夫兴奋地滔滔不绝地说下去，第五课，第六课，第七课……最后，他说："中国共产党和毛泽东同志使我受了很深刻的阶级教育，这是我们每一个党员所必须受的教育。我在中国时间虽短，可是比我在加拿大、在西班牙、在任何一个地方

红色经典文学丛书

的十年八年的收获还要大还要多。到了中国共产党领导下的抗日根
据地以后，我感到在许多方面我是落后了。在中国共产党领导下工
作，我是永远也学不完的。"

"但是你到根据地以后，"童翻译补充道，"有了很大的改变，也可
以说，有了很大的进步。"

"是的，"白大夫很高兴听到童翻译对他的理解，"这一点，我承
认。可是，和中国同志一比，我又感到进步太慢了，了解中国和学习
中国革命经验太不够了。"

"在中国多住些时候，就会了解多一些。"

"那是当然。"白大夫希望早一点回加拿大，好早一点回中国来，

就在中国住下去。他说："我下次到中国来，希望有系统地研究一下毛泽东同志领导下的中国革命斗争的经验，这方面实在太丰富了。我们太需要了。童，你可以帮助我吗？"

"当然可以。"

"好极了！"白大夫霍地站了起来，说，"童，我想巡视团提早一天出发，你觉得怎么样？"

"当然可以，反正什么都准备好了，就看你的时间了。"

"我明天就可以结束未了的工作，我想后天就可以出发。"

"早一点也好。趁现在九月天，天气还不算冷，把各分区的卫生工作检查完毕，天气再冷也没有关系了。"

"你的意见完全和我相同，我准备以一个半月的时间把巡视工作完毕，回来用一个星期的时间把整个卫生工作做一总结，十一月里我就可以起程去美国了。要是交通方便的话，我想，说不定我还可以赶到美国和我的老母亲过圣诞节呢。"

"从这儿到西安，路上难走一点，到西安以后，坐飞机去美国是很快的。"

"那我就决定在圣诞节以前赶回美国——你不知道，老母亲是很想我的。"

"她今年高寿？"

"七十多了。这次到中国来，老母亲一直不肯。她抓住我的手说：你这么大岁数了，你要到西班牙，你又要到中国去干什么？上一代的人是很难了解我们这一代的啊。虽然母亲不让我来，我还是要来，她也就不说什么了。她说我老了，应该留在家乡，留在她身边。她不知道，法西斯没打倒，我们的任务没完成，我怎么能留下呢？即使死了，死在哪个地方，不都是一样的吗？"

"这一次你回去了,她一定不让你出来了。"

"不会的,我一定要出来,我希望很快回到中国来。如果她愿意的话,战后她也可以到中国来,我和她一块儿住。"

"那时候交通就不像这样困难了。你要回去也很方便。"

"我想募集经费、药品、书籍,三个月就差不多了,顶多半年,我们就又可以见到了。"

"我希望更早一点。"

童翻译的声音打断他的思路。

咖啡的香味已浓烈地弥漫了一屋子,茶壶盖子被水蒸气顶撞得发出金属碰击的声音。白大夫倒出两杯咖啡来,说:"喝一杯吧,我们有好几天没喝咖啡了。"

一个黄昏时分,白大夫领导的军区卫生部巡视团到了直属后方医院。

巡视团的人员,大体上还是东征医疗队的:军区卫生部副部长尤思华和童翻译主持检查政治工作;白大夫和军区医务科科长凌亮风检查病房,审阅统计工作,帮助各卫生部门做手术;九旅卫生主任方国桢从冀中回来,九旅本来要调他回本部工作;白大夫看他随东征医疗队以来,进步很快,就留他下来,暂时跟着再学习一个时期回去;他自己当然盼望如此,现在是负责审查药房并帮助白大夫动手术。

白大夫握着徐部长的手,亲热地招呼道:"徐部长……"

"白大夫,尤副部长,"徐部长笑着说,"正盼望着你们来,你们就来了,正好,可以帮助我解决这儿的问题。"

"你到这儿来了?"

徐部长拘谨地说:"军区卫生部调我到这儿负责帮助后方医院工作。"他们走进院部办公室,徐部长向尤副部长和白大夫汇报了这儿医院的工作情况，最近虽有了改进，但是工作还是很差。他们分开进行检查工作。尤副部长和张指导员谈政治工作去；方主任去审查药房；徐部长陪着白大夫、凌亮风、童翻译走进了病房。

后方医院收容了很多疥疮病人。徐部长来了以后，出院了一批，可是又来了一批。白大夫看见病房里相当整洁，休养员的生活很好，他心里很高兴。白大夫叫病员把衣服解开一看，病员的胳臂似乎都有点弯不过来，怯痛地解着，解到后来，衬衣竟然解不开，有一两处粘在疮上了。最后打开来，白大夫弯下腰去，透过眼镜去看：身上满是脓疱和纵横的血迹。

白大夫问病人："你来了多久了？"

"快一个月了。"

"你们上过药以后，换衣服吗？"

"不。"

"哦。"白大夫会意地点点头。

白大夫掉过脸去对凌亮风说："你把方主任找来。"

徐部长接上去说："方主任在检查药房哩！"

"我知道。"白大夫看了看夜光表，说，"已经检查十四分钟了，再过一分钟，他应该要检查完了。"

凌亮风走出去。

一分钟后，凌亮风把方主任找来了。

"检查完了没有？"

"检查完了。"

徐部长直向方主任端详，仿佛很惊奇他能在十五分钟之内把一个药房检查完的样子，被白大夫看见了，他笑着说："你很奇怪吗？这没有什么奇怪，方主任的进步可快啰，什么事情他都能够按时完成。

我们的工作都像钟表一样准确的，谁都不错的。"白大夫转过来问方主任："硫黄膏有多少？"

"十磅三百四十五个格兰姆。"

"硫黄粉？"

"二十磅。"

"升汞呢？"

"九磅四百三十二个格兰姆。"

"九一四针有多少？"

"十盒：○·三的五盒，○·五的五盒。"

"好，"白大夫很有把握地对病人说，"两个星期以后，你们全部可以出院了。"

晚上，巡视团汇报的时候，白大夫说疥疮病人单是上药不够，还要严密消毒。消毒不严密是有些疥疮病人长期不能出院的主要原因。尤副部长补充了意见，病人表格，在政治方面写得很详细周到，这是很好的。在病况的记录上却显得差了。院里的组织生活很紧张，党支部领导上抓得紧，这是很好的。针对疥疮病人的情形，徐部长提议和巡视团共同成立疥疮医疗组，尤副部长和白大夫完全同意。徐部长首先叫医院里把所有病人的被服枕头等洗净消毒了。

第二天，是一个晴爽的天气，太阳晒得人暖暖的，简直不像秋天，倒好似盛夏的样子。

俱乐部前面的那个露天饭厅，桌子已堆到俱乐部里面去了。现在场子上一溜放着十个大洗澡盆，里面的热水，在阳光下，不断升起雾一样的蒸汽。大盆过去是一张大八仙桌，铺着白桌布，上面放的全是黄黄的硫黄药膏；院子的南边那儿用谷草铺了一个可睡二十多个人的地铺，上面一律用白褥子垫着。院子东边的墙角落那儿，一排放着四桶升汞水。

穿着白衣的看护，到病房里把病人领来的时候，白大夫他们已在院子里检查完了各方面的准备工作，在等着了。病人有次序地站着，心里又高兴，两个星期以后可以出院了。徐部长叫病人把身上所有的衣服都脱掉，看护走过来，拿去放到升汞水里去泡。病人被带到洗澡盆里去，尤副部长、白大夫他们亲自给病人洗，把病人身上的疮痂、脓疱都去掉，用洋碱去擦。

洋碱从疮口里渗透进去，碱性发作了，病人一个劲儿叫痛。

徐部长细心地在给病人洗去疮痂和脓血，一边招呼病人依次走过来。

白大夫那边把病人洗好，就带到八仙桌旁边来，用硫黄药膏涂在疮口上，给他使劲地擦，擦得皮肤都发红，病人渐渐有点忍受不住，白大夫边给他擦，边安慰道："孩子，忍一忍，一会儿就好了，以后永远也不痛了。"病人的牙齿死命咬着下嘴唇，脸上有点泛出红色来。

"好，再忍一忍，马上就好了。"徐部长过去安慰道。

药力深入到皮肤里面去，浑身发着油亮亮的光泽。白大夫很满意他们一点也不叫痛，在他们面前伸出大拇指来说："好，"他旋即指着南面的大地铺说，"现在你可以躺到那儿去了——以后，你永远也不会痛哪。"

病人赤裸裸地躺在地铺上铺太阳，一种轻微的痛楚和痒的混合感觉，时不时掠过他们的身上，晒好以后，换上新的衣服，躺到消毒过的被褥里睡了。

白大夫在他屋子里做总结，准备明天动身，到三分区、一分区去。

十一

十月二十日。

军区北线的敌人从张家口、宣化、蔚县，向涞源调动，浑源也有敌人一个联队的兵力，配合涞源的独立第二旅团，展开大规模对军区的冬季"扫荡"。冬季"扫荡"，像一阵突然而来的狂风暴雨，从军区北线开始了。敌人的斥候部队首先占领了涞源北部耸入云端的摩天岭，不到半天，这个险要的阵地，就被英勇的子弟兵夺取过来了。骄纵的敌人狼狈地溃退，敌人前进的"扫荡"部队被阻止在山那边。子弟兵在这一次摩天岭的争夺战里，有几十个伤亡。伤员一个个从火线上救护下来，向××庄运去。

白大夫他们从第三军分区到了第一军分区司令部，从杨司令员那儿，知道摩天岭有情况，那儿已有了不少伤员。杨司令员表示，欢迎白大夫他们能够抽点时间去一趟。白大夫听到这消息，哪有不高兴去的道理？他和尤副部长商量一番，决定暂时停止巡视团的检查工作，改变为战地医疗队。组织是现成的，手术器械是现成的，人也是现成的。就临时改了个名称。第二天，白大夫带着战地医疗队出发，向摩天岭火线前进了。

到了指挥部，接洽了之后，他们指定在××庄工作。

白大夫他们的临时救护站就安置在××庄的戏台里。戏台前面是一片广场，刚从火线上下来的伤员一个接着一个涌上来，从临时作为担架的门板上，不断地流下血来，纵横地洒在泥土上。伤员时时发出痛楚的叫唤，有的性急，自己要爬起来，想到手术室去。

手术室里，尤副部长和白大夫他们正在紧张地工作着。

摩天岭的东面，雄峙在拒马河上紫荆关的左侧是王安镇，这是敌人在易县的一个强大的据点，和摩天岭遥遥呼应着。王安镇的敌人得到上级的命令：他们从侧后方出来企图截断子弟兵的归路，来挽救被子弟兵阻止在摩天岭下面敌人的命运。王安镇据点里出动的增援部队，连民夫伪军在内，一共有七百多人，急速地前进。这是一支强袭的部队，逐渐接近××庄的前线救护站了。

站在手术室门前的哨兵，远远看见北面的高山上，出现了二十多个穿便衣的人，一律穿着中国裤褂，短打扮，像老百姓，又不像老百姓，远远的看不清楚。哨兵马上跑进来告诉尤副部长："部长，北面山上有人……"

"什么人？"

"穿着老百姓的衣服……"

"啊！"

尤副部长从小就在军队里长大的，虽然是个医务人才，却有丰富的军事知识。他知道在反"扫荡"的时候，任何一个山头上发现人绝不是一个简单的事。他怕妨碍白大夫他们进行手术，他一个人悄悄地和哨兵走出手术室，站在戏台子后面的土坎子上，向北面望去。果然，最北面的高山上，有二十多个便衣下来，而且后面好像还有人的样子。尤副部长估计一定是敌人的便衣队。不一会儿，离便衣队有一二里路后面，开始出现了武装部队，圆圆的钢盔，在山顶上发着光辉，这是王安镇的敌人。尤副部长破口叫出："是敌人，敌人，向我们这边来了。"

尤副部长很沉着地看了看四周的地形：××庄直对着北面的高山，看起来好像很近，不到四五里地，可是北面的山很高，前面还有两座小山隔着，从高山顶上下来，到××庄，尤副部长估计有十里远近。他嘱咐哨兵监视敌人的行动，注意四周的情况，有什么动静马上来报告。哨兵留在戏台子后面的土坎子上。尤副部长连忙回到手术室，一进门便对白大夫说："北面高山上发现敌人，救护站要马上转移……白大夫。"

"敌人离我们这儿有多远？"

"有十里的光景。"

"十里地步行到这儿要多少时间？"白大夫问。

"快一点，四十分钟就可以到了。"

白大夫听完尤副部长的话知道还有四十分钟的时间，却没有吭气，他走出手术室，看广场上还有十二个伤员躺在那儿，等待动手术，他便对方主任说："快招呼看护他们把伤员抬进来，一次抬两个。"

尤副部长看白大夫走回手术室，并没有要转移的样子，还要继续做下去，他忍不住在旁边劝说："白大夫，十里地是很近的，那个方向我们没有战斗部队，这是从王安镇出来的敌人，从我们部队后面插过来的。我们须要转移。"

"这个……"白大夫想了想，三个人同时做，在敌人到来以前，也许可以做完，一走，这些伤员怎么办呢，便若无其事地说，"我知道。"

尤副部长不好再说下去，他在动手术，但解开伤员的衣服，他还是放心不下白大夫的安全，他轻轻推了童翻译一下，暗示他劝劝白大夫。

童翻译走到白大夫旁边，劝道："白大夫，白大夫……"

"什么事？"白大夫低着头，在给伤员剪去伤口边缘的腐皮烂肉。

"走吧，敌人快来了。"

"我们走？"白大夫有点不解，"伤员怎么办？"

"把伤员抬着走好了。"

"你是翻译员，你不是医生。你不知道，伤员的伤越早做越好，早做可以减轻伤员的痛苦，可以减少伤员的死亡。"

尤副部长挺身插上来说："伤员确实需要早做，可以减少死亡。这样好了，你先走，我和他们留在这儿做。"

白大夫不同意说："我留在这儿，不是可以早做完吗？"

"可是，情况很紧急。"

童翻译同意尤副部长的主张，怕白大夫留下来有危险，便说："白大夫我们先走吧。"

"你要走，你先走，我不走。"

童翻译不好再说下去了。

哨兵端着枪，跑步进来，向尤副部长报告："报告，北面高山上的敌人有六七百，都下山来了。"

尤副部长接上去对白大夫说："伤员当然重要，可是敌人快到了。你还是先走的好，白大夫……"

"敌人？伤员都不急着要走，我们身体健康的人忙什么？尤副部长请你给这个伤员做手术；凌医生你给那个伤员做……"白大夫走到手术室门口，对广场上的人说，"把伤员都抬来，快！"

伤员抬来，白大夫又派了一个伤员给方主任做。大家开始分头抢着给伤员换药做初步手术，大家都沉入工作里面，几乎把敌情都忘了。

尤副部长要通讯员把这儿的敌情报告前面的战斗部队，要哨兵严密监视敌人的行动，有什么情况先报告他，他好做决定。尤副部长安排好了,他回来和白大夫他们一道做手术。

　　站在戏台子后面土坎子上的哨兵目不转睛地注视着北面山上的动静。从北面高山上下来的敌人,先头的便衣已在高山前面的第一个小山顶露出来了,分散地向前跃进。他慌忙气喘喘地跑进手术室,莽里莽撞地大声叫道:"尤副部长,敌人的便衣上了村北边的小山上了。"

　　尤副部长停下手来,望着白大夫:"白大夫……"

　　白大夫头也没抬,一个劲在专心地做,顺口说道:"快做下去,我知道……"

　　忽然外边的电话铃响了,哨兵退出去,正好碰着通讯员,告诉他白大夫的电话。白大夫抢着做完手里的手术,到戏台旁的大树底下,那儿安着临时的电话机,他抓过耳机来,说:"哈啰……我就是白求恩……嗯,什么?敌人离我们这儿不到六七里地,已派部队监视敌人的行动。嗯,立刻转移——从侧面高山转移过去……立刻……好……"

　　白大夫回到手术室里,他一检查,还有三个伤员没有做完,便催促大家:"快做,做完了就走……"

　　尤副部长走上去,再一次要求道:"这三个伤员一定留给我做好了,你和童翻译他们先走。"

　　"为什么?"

　　"情况很紧急,这儿危险……"

　　"你不怕,我为什么怕?"

　　白大夫抢着给伤员做手术。

　　砰……砰……

　　××庄北面发现枪声,派出去监视敌人的部队和敌人的便衣接上火了。

　　白大夫正在给最后一个伤员动手术。这是一个臀部枪伤的病员,他一听枪声，知道情况是很紧张了，忍痛地对白大夫摇着手，很吃力地说："白大夫，我，我不要动手术了……"

"为什么？"

"我，我不要动手术了……你走……"

"现在动了手术好得快，否则要化脓的……"

"我化脓不要紧，可以慢慢地治疗……你要紧，你走吧，可以救治更多的人，白大夫……"

"很快就可以做好的……"白大夫解着他的裤子说。

伤员在手术台上勉强转过去，避免白大夫解他的裤子，他坚持恳求地说："现在只有我一个人没动手术，我不动手术，不要紧。不能因为我……"说到这儿他没说下去，他咽住了，"白大夫，你走吧，别管我……"

白大夫迅速地把他身子弄正，说："我们死，死在一块儿；活，活在一块儿。我不能把你丢下不管，孩子，快点，动完手术，我们一块儿走还来得及……"

凌亮风听白大夫的话，心里很感动，他对白大夫说："你和尤副部长他们先走好了，这个我来做……"

白大夫怎肯！他坚持要自己做，要和大家一块儿走。他慌忙解开伤口，取子弹，上药，塞药布，匆匆忙忙，一个不小心，他的左手中指第三关节给刀锋刺破了一个小口。当时他手上全是红殷殷的鲜血，刀口也不痛，自己一点也没注意它。洗完手，敌人已迫近××庄了。村外边不断地响起爆豆似的重机枪声，村里的人已陆续走完了。

白大夫看伤员都做完抬走了，他这才感到轻松下来。村外的枪声，似乎对他没有什么影响，从第一次世界大战以来，他已经习惯这种枪声了。手术室很快收拾起来，器械药品收入医疗箱，放在驮骡上。

　　爆豆似的机枪声更加繁密，里面还时不时爆裂出轰然的巨响，这是敌人掷弹筒的声音，在山谷里回荡着。

　　白大夫骑上那匹棕红色的骏马，紧加了几鞭，马放开四蹄，在狭窄的山路上奔驰了。童翻译骑着那匹有一副新皮鞍子的老马，在白大夫后面，也紧加了几鞭，跑了二里多地才追上了白大夫。但那匹老马已气咻咻地喷着鼻子，跑不动了。白大夫望着老马臀部淌着汗，蒸发出烟似的热气，便开玩笑地说："童，你这个马又在喘了，老年的表现。假如我们两人在一起赛跑，你要像我的马，我便像你的马了。"

　　"不，你的身体比你的年纪要年轻些……"

　　"你不知道，我的体力日渐衰弱了，在西班牙的时候，我的体力不如在加拿大，去年不如在西班牙，今年的体力又不如去年了……"

　　"你需要休息……"

"休息？"

"嗯。"

"还不是时候，你知道人类的公敌——法西斯还没有消灭，我们这些人哪有时间休息啊。"

"但是身体也应该注意……"

"我懂得你的意思，可是怎么能够啊？我一看到伤员，或者知道什么地方有伤员，我什么都会忘掉。"

不久后面巡视团的人就接上来了。尤副部长和凌亮风从队伍最后面赶上来，凌亮风喜洋洋地说："白大夫，真危险，我们出了××庄还不到三里地，敌人就到了，幸好没被敌人发觉……"

巡视团从××庄侧面高山阴面的一条小路上，迅速地走去……

虽然白大夫的中指局部发炎了，但是他们第二天回到第一军分区卫生部第一所检查工作时，他仍然给第一所的伤员继续动手术。

在第一所里，他检查出一个外科传染病的伤员，是头部丹毒合并头部蜂窝组炎。病人躺在床上，全脸浮肿，脑袋比平常的要大到将近三分之一的样子，神经错乱，时不时嘴里说出呓语，病况的恶劣情势，已把伤员拉到死亡的边缘。白大夫仔细检查了一下，查出伤员是枪伤传染，这种病几乎是不治之症。

伤员神志不清，迷迷糊糊地躺在手术台上，均匀地吐出轻微的呼吸。白大夫注视着伤员的头部，又望着伤员微微起伏的胸部，迟疑不决地思考，像要决定一个什么问题，半晌，他指着伤员庞大的头部，对方主任说："这个伤员是很小希望了，但我们要尽最后的努力，试试看……"

"能不能救过来？"

白大夫走到病人头部的左侧，他叫方主任沿病人头部右侧走，尤副部长和凌亮风站在方主任的背后，白大夫才对他说："这个伤员，要施行头部乱刀切开手术，取出伤口里面的枪弹和碎片，也许有挽救的可能。救一条生命啊，来，准备手术。"

白大夫走到放了碘酒的脸盆里去洗手，他对童翻译说："童，我的麻醉师，全身麻醉……"

大家在手术室里静静的，可是紧张地准备着。

"这一次你做我的第一助手，多学习一些。"白大夫对方主任说。

白大夫洗完手，看护捧过一包消毒过的用具，打开来，白大夫用钳子夹起一副乳白色的橡皮手套，放了一点滑石粉在手套里，扑了扑，又把多余的粉倒出来，他把手套戴到手上。童翻译已给伤员施了全身麻醉，白大夫用钳子碰碰伤员的皮肤，已没有痛的反应，他便用刀把浮肿的脑袋从脑门那儿切开，戴着橡皮手套的食指和中指由刀口那儿伸进去，在里面慢慢摸索着。一会儿，白大夫脸上露出一丝微笑，食指和中指夹出一颗小小的枪弹来，方主任帮助白大夫立即把伤员头部缝合，送到病房里去。

白大夫脱下手套来，对大伙说："这伤员也许可以得救。"

他们接着又做其他的手术。

晚饭后，白大夫考虑到巡视团这样巡视下去，今年年内也不可能把各卫生部门巡视完。他和尤副部长商议，提议把巡视团分作两组，尤副部长和凌亮风一组，巡视南线第三军分区卫生工作；他自己和方主任、童翻译继续在北线，到冀中军区留在山地里的后方医院去检查。白大夫说："尤副部长，这样我们能够很快巡视完军区卫生工作，分成两组，在摩天岭所花去的时间也可以补救过来了。"

"两组进行自然快一点。"尤副部长说，"我同意这样做。"

"每一个单位巡视完了，就做总结，"他转过来望着站在他旁边的方主任说，"我们巡视完一个单位，也很快做总结。两组回到军区，整个总结很快地就可以做成。这样，我可以很快地回到美国去，进行募集药品器械的工作，然后到中国来。"

"估计我们什么时候要回到军区？"尤副部长问。

白大夫用手指敲着桌子边，低着头想了想，然后以询问的眼光望着尤副部长："十一月中，至迟十一月底必须赶到。"

"十一月中我们一定可以赶到。"

尤副部长说完话，望望凌亮风，好像和他商量，凌亮风点头同意他的估计。

"那我们十一月中也赶到，十一月底以前把总结做好，"他对坐在他旁边的童翻译笑着说，"童，这样，我十二月初开始走，你说，到西安之后，一定会有飞机吗？"

"飞机是有的，只要重庆答应就行了。由重庆到美国，六七天就到了。"

"那我今年年底就可以赶到美国，不，也许能在圣诞节以前赶到，同我老妈妈一块儿过圣诞节哩。童，我有两年没有和老妈妈一同过圣诞节了。她一定很想念我啊。"

"希望今年你们在一块儿过。"尤副部长说。

"我希望明年和大家在一块儿过圣诞节。"

大家异口同声地说："好！"

晚上，尤副部长把方主任和童翻译找来，对他们说："你们到北线巡视，方主任要多负责。党把这个责任交给你们了，有事，你们两个人多商量。我去南线，如果不能解决，可以打电话给我。"

"尤副部长，你放心好了，"方主任说，"我们一定遵照你的指示做。"

"方主任要多注意白大夫的健康……"尤副部长说。

"这方面,"童翻译说,"我可以多负责。"

"我们两个组要经常取得联系。"尤副部长对方主任说。

"好的。"

第二天一清早,尤副部长和凌亮风那一组便出发到南线去了。白大夫这一组,东西都上了驮子,事务人员背上了背包,勤务员邵一平提着白大夫那盏煤汽灯,炊事员老张从口袋里拿出旱烟袋,装了一锅烟,靠墙根坐着,脊背贴着墙,悠然自得地抽了起来,只等白大夫出来,大伙就开步走。

白大夫还在手术室里,他在一个个地给昨天行手术的伤员上药,换绷带。都上完了药,白大夫从里面走了出来,方主任和童翻译走在他的后面。快走到门口的时候,童翻译蹿到前面,快走了两步,到门口招呼大家准备出发了。

在大门外等候的人,都霍地从地上站了起来,扑扑身上的泥土,老张把旱烟锅对着鞋底边敲了敲,烟灰倒出来,把旱烟袋塞到口袋里去,准备走了。白大夫走到门口又站了下来,他想起昨天那个头部开刀的伤员,刚才没送到手术室里去,他掉过头来对方主任说:"去看看病房吧!"

"刚才在手术室里不是都换过绷带,上了药吗?"方主任语气之中的意思是说:没有到病房去看的必要了。

"不,还是要去看看,昨天那个颅部手术的伤员,没到手术室去……"

"那伤员不会有什么希望了,昨天晚上不是看过了吗?"

"不,我们两人再去看看,也许还有点希望……"

老张看白大夫和方主任谈了两句,又走回里面去了,不知道有什么事,他不耐烦地在街上踱来踱去,一边暗自嘀咕着:说走不走,等了这半天,出来了又进去了。

老张只顾自己唠唠叨叨，不知道邵一平这家伙不声不响地跟在他屁股后面，一边做鬼脸，指手画脚，一边偷听他的话。等老张发觉，他一溜烟地跑到人堆里来了，指着他的鼻子说："老张，等着吧，今天到不了，明天到；明天到不了，后天到；反正总有一天到的。"

　　"小鬼，偷听人家的话，……"

　　正在他们说笑的时候，里面跑来一个看护，说："下驮子，快！"

　　"干什么？"人们惊异地问道。

　　"白大夫要动手术……"

　　"又要动手术？昨天不是听说手术都做完了吗？"邵一平把驮骡牵到门口来，正正经经地说。

　　"白大夫的手术，就没一个完，哪个病人不要他看看，你懂个屁！"老张借此机会报复了他一下。

　　邵一平帮助看护把草绿色的医疗箱抬进门去，跨过门槛，掉过头来对老张说："你懂！"

　　白大夫和方主任走进病房，看见昨天颅部手术的伤员，头部更见大了一些，可是脸部的浮肿消失了一些，精神比昨天清醒，可以说很简单的话，要水喝。白大夫看伤员透露出一线生命的曙光，他满心喜悦地跟方主任说："再试试看……"

　　"如果再动手术，会有希望吗？"

　　"很有可能……"

　　"他们已在外边等着要走了……"童翻译说。

　　"那不忙，要救这条生命，今天走不了，明天再走，叫他们把医疗箱拿进来。"

　　看护和邵一平把医疗箱搬到手术室里，五分钟以后，什么都准备好了。白大夫匆忙给伤员做第二次手术，竟忘记戴橡皮手套，乱刀切开头颅，白大夫赤手伸进去，用左手那只发炎的中指和食指去摸碎骨，摸到一片，像考古家突然在什么地方发现了甲骨文似的喜悦，立时取出，放在脓盘里，旋即又用手指伸进去摸。伤口里的细菌，从白大夫发炎中指的刀伤处，像个小贼似的溜了进去。白大夫一心注意到伤员，为摸出的一片片碎骨的欣喜的情绪占有了，竟忘记了自己中指有一个小小的刀伤，更没想到自己会中毒，他得意地说："又是一片！"

把这片碎骨放到脓盘里去，他对方主任说："不戴手套也有它的好处，手指感觉力的奥妙，绝不是戴橡皮手套所可比拟的。手指可以在伤口内感觉到哪儿是铁片，哪儿是子弹头，哪儿是碎骨块。"说着，他又摸到一片碎骨，取出来说，"你看，方主任，又是一片。这片多小，要是戴手套就摸不到了，上次戴手套就没摸到这些。碎骨铁片取不出来，伤员是很难好的啊。"

伤员第二次手术做完，一直忙到中午，白大夫他们才出发。

山顶上闪烁着繁密的星星，脚下曲折的山路已有点辨别不清，坐落在唐河边的冀中军区留在山地的后方医院的村落，已静寂得没有人声了。这时候，白大夫他们才到了目的地。一到，又是不断地工作，可是白大夫那只染毒的手指，慢慢发炎，手指粗得比平时要大两倍，肿胀得痛得很厉害，时不时迫使白大夫放下工作。但一会儿，他又一定要工作。

早上起来，痛得更厉害，白大夫用一盆浓度的食盐水，把那只肿胀的手浸泡在里面，许久许久，没有什么效用。

方主任坐在白大夫炕下面的高背椅子里，望着白大夫发炎的手指发愁，他想给白大夫治疗，又怕白大夫不同意。他想了想，还是鼓起勇气问："白大夫，你这手指，我想……"

"你想怎么样？"

"可不可以切开一个十字……"

"可以……"

白大夫伸过手来给他，看护端了一个脓盘来，方主任从里面取出一把小刀，在他那发炎的中指上，切开了一个十字。

方主任望着白大夫的病势不见起色，暗自叹息着。童翻译低低地抽了一口冷气，嘴里不由自主地啧啧着。他见那只肿胀的手指，切开十字以后仍然无效，他无言地低下头，微微摇着。托着脓盘的看护，看白大夫脸上痛苦的神情，失去往日刚健活泼有力的光彩，鼻子忍不住酸了起来，连忙退出屋子，一走到门口，就再也忍不住了，幽幽地哭泣着。这哭声吸引了白大夫的注意，抬起头来向面前的人看看，才发现站在他面前的人都伤感地低着头，视线却集中在他发炎的手指，黯然无语。白大夫安慰大家道："不要担心，孩子们，一个医生到手术室，犹如战士上战场一样，受点伤是很平常的事。特种外科医院实习周开始的时候，我这个手指不是也划破了一小块，发炎肿痛，不久就好了吗？"

方主任提出了异议，说："上一次没有这样厉害。"

"这一次也不要紧，只要留下两个指头，我还可以照样工作……"

白大夫脸上浮起勉强的笑容，但笑容里却含着无限的苦痛和焦躁，他自己也知道这次手指发炎要比上次严重得多，但他减轻这次的严重性，来安慰大家。

"我们出去，让白大夫躺下来，静静休息一会儿。"方主任对大家说。

大家退了出来，方主任叫了那个哭泣的看护进去招呼白大夫。

"白大夫，我待会儿来看你，你睡一会儿。"方主任说完了，他最后也走了出来。

方主任走出白大夫的屋子，马上就被大家包围住了。大家听说白大夫不舒服，都到白大夫屋子外边等消息，老张、邵一平他们都焦急地望着方主任。童翻译一把抓住方主任，把他拉到院子里来问："方主任，要不要紧？"

"现在还看不出来，让他先休息一会儿，再看看。睡眠充足，也许会好些。"

"白大夫可以好吗？不碍事吧？"

"没有变化，是可以好的。"

那个调皮的邵一平，笑嘻嘻地走到院子里来，一看见大家都板着面孔，愁眉苦脸的，他马上就敛去了笑容，静静地站在方主任旁边。老张从童翻译背后，挤上前来，露出脸，低声地问："方主任，老头子怎么样？"

"现在睡觉了……"

"要是输血能够好，方主任，那就输我的血给白大夫。"方主任摇摇头，告诉他白大夫这个病不要输血，老张一股热忱，见用不上，现出无可奈何的样子，问："那怎么样呢？做点好的给他吃？杀只鸡好不好？方主任。"

"等明天再说。"

"我看看老头子去……"

"他刚睡……"

方主任阻止他，他还是要看，悄悄走到门口，掀开白布门帘，偷偷地看见白大夫躺在炕上，这才安心地走回来。他想起另外一件事，蹑着脚尖，走到方主任面前，对着方主任的耳朵，小声地说："他们讲敌人已经到了银坊哪……"

"嘘——"这是童翻译的声音，他伸出手来，指着老张，制止他说。他把老张拉到院子外边，大家也跟着走出来，童翻译这才敢问他："你听谁说的？"

"刚才村里过队伍，他们在村里休息，到我们伙房来烧水喝，是我问他们的，他们就向那个方向开。"

"是的，我也听他们讲的……"邵一平接上来说，指着北面的银坊。

童翻译连忙警告大家说："谁都不要在白大夫面前提起，老头子一知道有战事，他就不会好好休养了。"

"不准讲，谁讲就要受处分。"

方主任严重地加上了一句。

阴沉的低空，落着灰蒙蒙的小雨，淅淅沥沥，檐头的水滴，有规律地滴着，一声声打破了山村的寂静。一股潮湿的风，习习地在院子里吹着，像一个无家可归的浪子，到处打着人家的窗户和门。天气很冷。

白大夫的窗户给山风抚弄着，发出轻微的音响。他一早就起来了，穿着一件薄薄的睡衣，靠着炕边，躺在靠背椅上，细心地在读一本红封面的英文小说：《一个人的遭遇》。

窗户关着，炕边火炉里的火，熊熊地燃烧着。屋子里暖洋洋的。

轰……轰……

透过蒙蒙的细雨，远远传来炮声。他从小说的境界里跳了出来，合上《一个人的遭遇》，霍地站了起来，走到窗前，向炮声的方向凝神地谛听：

嗡……嗡嗡……嗡嗡嗡……

"咦，阴天还有飞机……"他自言自语地说。

推开窗户，一股阴冷的寒流袭击着他的身子，他注意着远方，透过牛毛样的细雨，望着矗立雨中远远的山峰，山峰升起潮湿的气氲，

烟似的升腾着，山那边就看不清楚了，只见一片迷蒙的烟雨。飞机声却更清晰了。他断定前方一定有很激烈的战事，不然敌人在雨天为什么要派飞机出来呢？

他把窗户关上，回到炕边那儿，从墙上取下灰色的棉军服，匆匆穿上，一不留心，碰了那只中毒的手，一阵痛楚使他有点忍受不住，就披着军服，又躺到躺椅上去了。

方主任进来，看见他不自然地躺在椅子上，要过去给他扶好，他摇摇手。一会儿，手指不痛了，他站了起来，边扣着钮子，边质问道："你们为什么骗我？"

方主任吃了一惊，想了想，说："我们没有骗你什么，白大夫。"

白大夫指着窗外的远方，说："你听！"

轰……隆隆……

远远又传来一阵炮声。

方主任立刻明白了，但他表面上还装着不懂的神情说："什么？"

"什么，前方打仗了，你们为什么不告诉我？"

"哦，"方主任掩饰道，"只有小接触，没有什么大战斗……"

"小接触，用得着飞机吗？别骗我，我信任天空传来的炮声和飞机声。通知巡视团，准备一下，我们今天到前线去。"

"白大夫，"方主任看着他那发炎的手指，便故意把话题岔开，说："今天手指怎么样？有变化没有？"

"我的手指完全好了，"白大夫像个小孩子似的，生怕方主任来检查，连忙把手放到背后去，说，"没有什么，完全好了。告诉他们，准备到前线去。"

"我看你的手指还没有好，就是手指好了，你也需要多休息几天才能上火线救护，现在你不能去。"

童翻译从外边回来，听说他要去前线，也劝他不要去。白大夫发起脾气来了，他走到方主任、童翻译面前，气冲冲地说："你们不要拿我当明代的古董，要拿我当一挺机关枪使用。我可以工作，手指这点小痛，算什么！我要到前线去。"

他的精神忽然奋发起来，在屋子里不安地踱来踱去。

童翻译却想出了主意，他说："等前方伤员抬下来，你在这儿给动手术好了。"

"那怎么行呢？在前方伤口新鲜，容易治好，也比在后方好治。"

童翻译继续坚持他的意见："现在已经打响了，你就是去了，也赶不上。叫医院通知前方的战斗部队，把所有的伤员都送到这儿来动手术，好不好？"

"纵然赶不到前线救护，至少可以在半路上碰到，比在这儿等着好。医生坐在家里，等病人来叩门的时代已经过去了。我们要到伤员那儿去，不要等伤员来找我们。"

外边的雨大了，风也大了，像一个顽皮的孩子，在山野里呼哨着。雨给山风一吹，更加大而有力量，哗哗地落在屋瓦上，落在窗户上，窗户上糊的白麻纸都打湿了。一阵阵寒风从窗户缝中偷进来，屋子里有点冷了。大家都坐到火炉旁边，白大夫坐在方主任和童翻译当中，他加了一点煤到炉子里去，还坚持他的意见，要去前线。童翻译望着方主任一对焦灼的眼光注视白大夫，他懂得方主任内心的不安和忧虑。刚才白大夫的话已把方主任的嘴封住了，他要再说，就显得他是怕上前线去的。要去，他着实担心白大夫的身体；本来，他想他自己去，代替白大夫；但是，白大夫这儿也需要一个大夫啊！他为难起来，他把视线从白大夫的脸上移过来对着童翻译。童翻译一看那求救的眼光，便又想出另外一个办法来，他说："白大夫，今天下雨，明天去好了。"

"下雨？下雨在前方打仗就不死人了吗？我是军区卫生顾问，我是巡视团团长，你们要执行我的意见才行。孩子，去准备吧，今天一定走。"

童翻译的嘴也给白大夫封住了，他不好再说不去。

下午，天还是落着霏霏的淫雨，巡视团在雨中出发了。

山路非常泞滑，不好骑牲口，白大夫也和大家一样，步行着。润湿的泥土，粘着鞋底，鞋子越走越重，特别是下坡的时候，更是难走。老张跟着驮骡在后面，他边走，边哼小调，正在得意的时候，下坡一脚没站稳，突然滑倒了。大家回过头去看，他已站起来了，弄得两手都是泥土，他嘻嘻哈哈地满不在乎，说："没什么，走吧。"他也不在路边的泉水里洗洗手，就跟着大家向前走去了。下了坡，横在面前的是一座大山，上山的小路，弯弯曲曲隐到树林中去，在烟雨蒙蒙中，一点也辨认不出来。上了山，路却不小，可是很陡，又滑，大家都折了一根树枝，作为手杖，在一步步向上爬。爬过了一个山头，又是一个山头，向着炮声的方向前进。

冒着风雨和寒冷，赶到大平地宿营了。

白大夫很疲劳，晚饭吃得很少。第二天晴了，巡视团又是一股劲地赶了七十里，翻过了一座大岭，白大夫有点支持不住，骑在马上，摇摇晃晃，几乎堕下来。

炮声越来越响，而且繁密，还可以清晰地听到机枪步枪声——前线近了。

下了大岭，转入一条辽阔的山沟，全是平平的沙滩。从对面的山上不断地抬下来伤员，沙滩上已停了好几副担架。白大夫两腿把马夹紧，加了一鞭子，他赶到担架那儿，跳下马去看：伤员有的头部满是血，有的腿上满是血，有的半身满是血……他一个个看去，伤员一个也没动手术，正向卫生队送去。他看到伤员不能立时救护，难过得很，眼眶里润湿了，腮巴子上挂下两条热泪。他掏出手帕来，给自己拭了拭眼泪，问他们："你们团部的卫生队在什么地方？"

"在王家庄。"一个护送伤员的战士说。

"你们快去，我们马上就到王家庄。"

白大夫又精神起来，他忘记了自己也是一个病人，中指局部炎肿越发厉害，肘部关节下发生转移性脓疡，而且他这时的体温已增高到三九·六度了。

等到后面医疗队的人到了，白大夫领他们向王家庄去。那儿离火线只有十来里地。刚才勉强振作起来的精神，支持不了多久，一到团卫生所，他不得不躺下来了。刚躺下来，他旋即又从炕上坐了起来，把童翻译叫到面前说："你打电话给各兵团首长，告诉他们，我们已经到了这儿，叫各战斗单位，把所有的伤员，一齐转运到这边来。"

童翻译退了出去，他问方主任："手术室布置好了没有？"

"卫生所在布置。"

方主任带来消毒剂给白大夫注射了一针，另外又留下三包药来，说："这是镇痛解热剂，给你内服的。"

"好，我现在先吃一包。"

白大夫用开水吞了下去。童翻译进来，说电话打不通，白大夫不满意，声音里有点焦急："打不通也要通知，派通讯员去，告诉他们把伤员快送来，越快越好……告诉各个卫生队的医生，所有前方下来的伤员，一概要涂上 Bipp……"

童翻译走到门口，白大夫又加了一句："要快。"

方主任量了量白大夫的体温，对他说："白大夫，你的体温很高，三十九点八，你需要躺一躺，好好地休息。"

"什么？"

白大夫经方主任这么一说，忽然发现自己身上的确是在发烧，像一盆火似的，头有点晕。他接受了方主任的劝告，静静地躺在炕上，眼睛还没有闭上，他又想起了一件事，微微抬起头来对方主任说："要是有头部、胸部、腹部的伤员，一定要抬来给我看，即使我睡觉了，也要叫醒我。你去吧，一定有不少伤员来了。"

方主任走进手术室，却没有遵照他的意思，胸部、腹部的伤员，他自己做了，团卫生所的医生当了他的助手。他跟随白大夫将近一年的时间，见习过上千次的大小手术，许多大手术他都应付自如，很有经验了。

白大夫中指发炎，发展到肘部了。方主任把左肘移转性的脓疡割开，他的精神忽然好了起来。但到了下午，体温增高到四十度，头又剧烈地痛涨了，方主任给他吃了发汗药。

敌人从五亩地向王家庄袭击来了。

住在王家庄附近的季团长特地来慰问白大夫，劝他到后面比较安全的地方去休养。白大夫起初没答应，后来他想了想，现在他留在前线上，实际上也不能做什么工作了，反而只会增加战斗兵团的麻烦，他点点头说："季团长，我接受你的意见。"

白大夫躺到担架上去。在密集的机枪中，白大夫和巡视团离开了王家庄。他躺在担架上，浑身发冷，一阵阵要吐，担架停了下来，他侧过头去吐，也吐不出什么来，只吐出一点发酸的清水。是的，他已有两天没吃什么了，有什么能吐出来的呢？走了一阵，白大夫又吐了两次。

担架抬到河北省完县黄石村，已是下午两点了。进了村，白大夫心里很烦恼,他怎么也不肯走了,就在这村子宿营。管理员找好了房子,方主任和童翻译把白大夫安置在一间地主的大屋子里。屋子上端是一条大炕,炕上放着白大夫的那张行军床,墙半腰漆着粉红和墨绿的花纹。下沿靠窗户放着一张八仙桌,左右各有一张紫色的圆靠背椅,他的箱子和书籍杂志什么的,贴墙放着。屋子当中生起一炉旺盛的煤火,熊熊地燃烧着,室内温度一会儿就增高了。白大夫躺在行军床上,盖了一床厚被,又加上一件军区制的皮大衣,他还嫌冷。方主任把窗户统统关了,他还是嫌冷;童翻译过去把门也关上了,他仍然觉得冷,他的牙齿颤抖着。

军区卫生部尤副部长听说白大夫病了,他在南线巡视分不开身,军区卫生部部长立即派徐部长连夜赶来探望他。徐部长一走进黄石村,迎面碰到童翻译,童翻译看到他,大吃一惊,劈口问道:"咦,料想不到,你来了,你怎么知道我们在这儿的?"

"军区告诉我的。"

"对哪,我们打电话告诉军区尤副部长的。现在后方医院怎么样?"

"后方医院完全改变了面貌:旧的病员都出院了,一般的新来的病员,一两个星期也就出院了。大家努力了一个时期,工作倒轻松了,最近全院工作人员都正式学习,开了两门课,一门是卫生学,另一门是图解,我教图解,课本就是用白大夫刚到军区时候编的图解手册。"

"我知道,那是白大夫专门给看护编的一本书,还是我翻译的呢。"童翻译想起这本书,自己也出过劳力,顿时有一种亲切的愉快的感觉。他说:"后方医院有这样的成绩,有这样的进步,和你的领导是分不开的,我恭贺你。"

"不,"徐部长谦虚地说,"这是党领导的力量。"

徐部长慢慢和童翻译肩并肩地走着,听到童翻译的夸赞,又有点欢喜，又有点惭愧，心里有一种说不出的感觉，暖洋洋的，很舒服。他说："我希望你们能够再去检查一次……"

"一定去——你今天是从后方医院来的吗？累了吗？"

"不，我是从军区来的。一个多星期以前，军区巡视团检查完工作，大概回去向部长汇报了后方医院情形，正式派了新院长去。过了两天，军区调我回去。我把后方医院移交清楚，到军区，首长叫我休息两天再回某军区工作，我打算第二天走，恰巧尤副部长打电话来，首长就叫我来探望白大夫，我自己也想看看白大夫，我就从军区直接来了。"

童翻译一把搂着徐部长的脖子，狂欢地说："好极了，好极了，老头子听到你来了，他一定高兴，快点告诉他。"

童翻译和徐部长的步子都快了起来，村里的人看着他们两个人，手挽手，走得那么快，就像跑似的，都有点怪，站下来看他们向白大夫住处走去。

徐部长随着童翻译走进白大夫屋子一看：他暗自吃了一惊。躺在床上的难道是白大夫吗？徐部长问自己。方主任和童翻译因为天天和白大夫在一块儿，每天白大夫的变化，不容易很快发觉出来。和白大夫分别了快两个月的徐部长，一进来就看出两个月前他记忆中的白大夫和现在的白大夫，完全是两个人了。现在的白大夫：面孔清瘦，颧骨高耸，两腮下陷，皮肤苍白无血色，胡髭乱糟糟的，像冬郊原野上一把枯萎的野草。白大夫四肢冷厥，无力，身体已经到最坏的程度了。方主任守在他旁边坐着，见他们两人进来，连连轻轻按按手，他们两个人立时放轻了脚步，悄悄走到白大夫面前。童翻译看白大夫的眼睛微微开着，他小声小气地告诉白大夫，徐部长代表军区卫生部来探望你的病。白大夫这时才把眼睛完全睁开来，望了徐部长一眼,有气无力地说:"谢谢你。"

徐部长一肚子话,公家的事,私人的事,想对白大夫谈,他的话还没有开始讲,白大夫松弛的眼皮,已无力地垂下来了。他想起,现在不是给白大夫谈话的时候。

方主任走到徐部长旁边,小声对着他耳朵说:"老头子的病很危险,我看要动手术,你来得正好,把那个手割掉,也许会好的。"

徐部长检查了一下白大夫的手,他同意方主任的意见,两个人默默地走了出去。大约五分钟的样子,他们两个人手里捧着手术器具,走到白大夫的面前。童翻译把他们两个人的意思告诉白大夫,白大夫坚决地摇摇头,指着他胳臂上的绿色脓疡说:"不要治了,我的血里有毒,治也没有什么用啦……"

"治一治,也许……"方主任听白大夫说治也没有什么用了,他心酸了,话几乎不成声了。他竭力抑制着自己的感情,怕让白大夫看见,他把头稍微偏过去一点,拭去了眼泪。

"我知道我的病,我比你们清楚……"

白大夫说完话,看着他们三个人,他心里有一种说不出的难过,惘然若失,他无力地又闭上眼睛。

方主任为了照应上方便,他要求和白大夫在一块儿住,在屋子下沿安一个床铺,有什么事好立刻做。马上遭到白大夫的拒绝:"不需要,不需要,还是让我一个人睡在屋子里好,请你们都到外边去,我现在需要安静……"

方主任、徐部长慢慢走出去,童翻译没走,他静静坐在白大夫旁边。一会儿,他被白大夫看见了,问他:"你在这儿干什么?"

"我陪你,我和你一块儿住。"

"不需要。"

"有什么人来找你，有什么事，我好给你翻译。"童翻译以为这样一定可以得到白大夫的同意。

白大夫仍然摆摆手："现在不需要了……"白大夫的声音有点变了，细而低沉，"让我一个人安静一下，童，请你出去，需要的时候我会叫你的。"

童翻译只好也走了出来，方主任和徐部长在门口，两个人交头接耳，低低地私议着。

"老头子怎么样？"童翻译望着他们两个人。方主任没有吭气。

徐部长摇摇头。

接着他们两个人都深深地叹息了一声。

童翻译看着这不祥的暗示，他倒在椅子上，望着屋顶的中梁，木然地说不出一句话来。

白大夫见他们都出去了，他从行军床上下来，走到门边，把门闩上，屋子里只剩下他一个人了。他呆呆地望着那只染了毒的胳臂，那个绿色脓疡一点也没有消退，胳臂抬不起来，里面像有无数的针在刺着，一阵阵痛到心里。他自己用220和Bipp又在上面涂了涂。他看见220瓶子旁边躺着一把小刀，这小刀跟了他将近二十五年，还是上次世界大战他在欧洲战场上买的。一连串的记忆，幸运的与不幸运的，像一个一个浪花似的，在他的脑海里涌上来，他想起这把小刀，不久就不会在他身边，也不可能被它的主人用来给伤员动手术了。他忽然感情地拿起刀子来，一边望着它，一边说："哎哟……哎哟……我的小刀子……我的小刀子哟……"

他想起还有许多事情要马上做完，迟了，怕来不及。他把小刀子放在胸袋里，转过身来，整理着屋子里的东西。把皮箱打开整理了一下，自言自语地说："这医书，卫生学校需要，"那行军床，他望着它想了半天，才肯定地喃喃着："对了，送给聂司令员，他太疲劳了，需要一个舒适的行军床……"他把所有的东西，都一一想到赠送给最恰当的人。

把各样东西整理完了，他感到有点累，慢慢走到炕边，躺到行军床上去了。

下沿的窗户纸上，忽然出现了一个人的上半身的影子，矮矮的，圆圆的头，这是童翻译。他刚才在外边椅子上听见屋子里的声音，不知道是什么事，知道白大夫把门闩了，也不好进来，他悄悄地走到窗前窥视。童翻译看白大夫躺到床上去，才放心走了。

白大夫抽出胸袋里的自来水笔，伏在床上，用着几乎不容易识别的墨迹，在一本米黄色道林纸的信笺上，潦草地记下了他最后的语言。写了一段，无力地停了下来，待了会儿，又连忙拿起笔来，迅速地写下去：

亲爱的聂司令员：

今天我感觉非常不好——也许我会和你永别了！请你给布克写一封信——地址是加拿大托拉托城威灵吞街第十号门牌。用同样的内容写给国际援华委员会和加拿大民主和平联盟会。告诉他们我在这里十分快乐，我唯一的希望就是能多有贡献。

也写信给美国共产党总书记，并寄上一把日本指挥刀和一把中国大砍刀，报告他我在这边工作的情形。

把我所有的相片、日记、文件，和军区故事片等，一概寄回那边去，由布克负责分散。并告诉他有一个电影片子将要完成。

请求国际援华委员会给我的离婚妻（Mrs Frances Campbell of Montreal）拨一笔生活的款子，或是分期给也可以。在那里我（对她）所负的责任很重，绝不可为了没有钱而把她遗弃了。向她说明，我是十分抱歉的！但同时也告诉她，我曾经是很快乐的。

将我永不变更的友爱送给布克以及所有我的加拿大和美国的同志们！

　　两个行军床，你和聂夫人留下吧，两双英国皮鞋也给你穿了。

　　骑马的马靴和马裤给冀中区的吕司令员。

　　贺师长也要给他一些纪念品……

　　给军区卫生部长两个箱子，尤副部长八种手术器械，凌医生可以拿十五种，卫生学校的江校长让他任意挑选两种物品做个纪念吧。

　　……

　　给我的勤务员邵一平和炊事员老张每人一床毯子，并送给邵一平一双日本皮鞋。……

　　每年要买250磅奎宁和300磅的铁剂，专为×××患疟疾病者和极大数目的贫血病者。

　　千万不要再往保定平津一带去购买药品，因为那边的价钱比沪港贵两倍。

　　……

　　告诉加拿大和美国，我十分快乐，我唯一的希望，是能够多有贡献。……

　　最近两年是我生平最愉快最有意义的时日，感觉遗憾的就是稍嫌孤闷一点，同时，这里的同志，对我的谈话还嫌不够。……

　　我不能再写下去了！

　　让我把千百倍的谢忱送给你，和其余千百万亲爱的同志。

　　……

　　写到这儿，他从胸袋里掏出那把小刀子来，他轻轻地吻着它，深深地叹息，说："我的小助手，你曾救活了千千万万的伤员，现在，现在，我们不能再在一块儿工作了……"

他颓然地倒在枕头上了。

黄昏，用着它轻捷的步子，悄悄地，从山的那边，从村头，从院子里走进了白大夫的屋子，屋子里的光线更见黯淡了。村边的上空飞来阵阵乌鸦，哇哇地钻进树林，又哇哇地在村的上空飞着。暮色越发浓了，慢慢地，天色像乌鸦一样黑了。

方主任、徐部长和童翻译悄悄打开门进来。白大夫躺在床上没有吭气。童翻译划了一根洋火，给他点起一支洋烛，放在炕上，屋子里亮了。

他们三个人站在白大夫床前。

白大夫转过身来，把刚才写给聂司令员的信，交给童翻译，低声说："童，我请你把这信交给聂将军，我要说的话，都在这里面了。"

童翻译无言地接过信来，沉闷得几乎停止了呼吸。他有一肚子话要向他吐出，但始终都给一种无名的感情所压制了，似乎不能再有一点声音，平时他对白大夫那股活泼的情绪，仿佛一下子全飞跑了，剩下来的，只是一颗要爆炸的心。

"我现在要你做这件事，"白大夫另外又拿出一封信来，说，"将这封信给军区卫生部尤副部长，告诉他我的意见：凌医生应该率领一个手术队，即刻北上，做初步疗伤的工作。凌医生需要带着助手一名，麻醉师一名，看护长和看护三名，组成手术队。带着棉花垫子和纱布块来。把这封信抄一份给聂将军，请他批准。同时请你告诉尤副部长：他在医疗队里对我的领导和帮助——没有他，我们工作是很难有现在的成绩的——我衷心地感谢他，感谢党，感谢毛主席。"

说到这儿，他已经是有气无力的了。他们三个人在他面前等了很久，他才接着说下去："我十二分忧虑的，就是前方流血的伤员，假如我还有一点支持的力量，我一定留在前方，可是，你们知道……唉，我的脚已经站不起来了。……以上的事，童，完全记住吗？"

"记住了。"

"你讲给我听听。"

"告诉军区卫生部尤副部长，命令凌医生马上组织手术队，到前方来救护，越快越好。……"

"对，越快越好。"

白大夫翘起胡髭的脸上，浮起自慰的微笑。他掏出胸袋里的那把小刀，递给方主任，伸出颤巍巍的手，指着小刀子说："方主任，这是我心爱的小刀，它曾经帮助我救活了许许多多的伤员，我希望你用它救活更多的伤员。我想你是能够的，你现在的技术水准已赶上任何一个医科大学毕业的外科医生了，而且大大超过了他们。你是很有前途的外科人才。"

方主任望着手里的小刀子，一句话也答不上来。他听见白大夫又说："童，把你的手拿来。"

童翻译伸过手去，白大夫解下他自己手上的夜光表，亲自给童翻译戴上，这是他赠给童翻译最后的礼物，作为友谊的纪念。戴好以后，白大夫对着他们三个人说："努力吧，孩子，向着伟大的路，开辟前面的事业！"

三个年轻人的头慢慢低下来。徐部长想告诉他后方医院改进的事，话到了嘴边，又停住了，始终没有说。

夜色笼罩着山野，屋子里静悄悄的，村子里静悄悄的，村子外边也是静悄悄的，只是村边的小溪流，发出呜咽一般的声音，像幽幽地在哭泣。

白大夫炕上那只黯淡的烛光，摇映着雪白的墙壁，和墙半腰粉红色、墨绿色的花纹。烛油一滴滴眼泪似的滚落下来。蜡烛在慢慢消耗着自己的生命……

一九三九年十一月十二日，清晨五时二十分。一线曙光从北中国战场上透露出来，东方泛着鱼肚色。黑暗，在北方的山岳，平原，池沼……各个角落里慢慢退去。在安静的黎明中，加拿大人民优秀的儿子，中国人民的战友，在中国的山村里，吐出了他最后的一口气……

一九四六年十二月二十七日，香港。

重温红色经典　秉承先辈遗志